广州研学旅行古诗文教程

GUANGZHOU YANXUE LUXING
GUSHIWEN JIAOCHENG

主　编◎刘　冰　罗立军

副主编◎张晓雪　汪家华　蔡树坚

暨南大学出版社
JINAN UNIVERSITY PRESS

中国·广州

图书在版编目（CIP）数据

广州研学旅行古诗文教程 / 刘冰，罗立军主编．—广州：暨南大学出版社，2019.1
ISBN 978－7－5668－2538－4

Ⅰ．①广… Ⅱ．①刘… ②罗… Ⅲ．①古典诗歌—中国—儿童读物 ②古典散文—中国—儿童读物 Ⅳ．①I211

中国版本图书馆 CIP 数据核字（2018）第 293099 号

广州研学旅行古诗文教程
GUANGZHOU YANXUE LUXING GUSHIWEN JIAOCHENG
主　编：刘　冰　罗立军

出 版 人： 徐义雄
责任编辑： 刘碧坚
责任校对： 冯月盈
责任印制： 汤慧君　周一丹

出版发行： 暨南大学出版社（510630）
电　　话： 总编室（8620）85221601
营销部（8620）85225284　85228291　85228292（邮购）
传　　真：（8620）85221583（办公室）　85223774（营销部）
网　　址： http: //www.jnupress.com
排　　版： 广州尚文数码科技有限公司
印　　刷： 广州市穗彩印务有限公司
开　　本： 787mm × 1092mm　1/16
印　　张： 15
字　　数： 115 千
版　　次： 2019 年 1 月第 1 版
印　　次： 2019 年 1 月第 1 次
定　　价： 49.80 元

前 言
QIANYAN

习近平说：古诗文经典已融入中华民族的血脉，成了我们的基因。我们现在一说话就蹦出来的那些东西，都是小时候记下的。语文课应该学古诗文经典，把中华民族优秀传统文化不断传承下去。

语文的学习需要情境，情境学习能帮助学生体验到学习与现实生活的关系，更深刻地理解文本内涵。古诗文的学习是个难点，除了在课堂上创设情境外，还可以在生活中创设情境，帮助学生学习。

这些年，笔者带着孩子跟着课本去旅行，走遍广州，穿越中国，和孩子讲所在地的历史人文等相关人物故事，并融入了语文、历史等课本知识，后来发现不用操心孩子的语文学习能力了。之后我又将自己走遍广州情境学习的经验总结归纳成一门门户外情境体验学习课程，召集了一些家庭，带着儿童走遍广州，在情境中学习。

我仔细分析研究了广州的各个历史文化景点、各个博物馆、各条街道等情境，寻找与古诗文之间的内在关系，有些关系是直接的，有些是内在的；然后将各篇古诗文分解到广州的各个场景中，在户外行走、参观、发现等活动中，激发儿童对古诗文的学习兴趣；之后督促儿童在家养成背诵古诗文的习惯。经过不断探索和磨合之后，形成了“研学旅行＋在家养成教育”的学习模式，研学旅行起到激发兴趣、引导学习、监督激励的作用，而在家养成教育帮助儿童形成自主学习的习惯，在两方面的共同作用下，帮助儿童突破古诗文的背诵学习。

通过一年多的教学实践，发现这种边行走边体验学习的模式非常适合儿童，可以极大地促进儿童学习。以前不喜欢读书的儿童也变得愿意开口读书背诵了，有些认为学习有困难的学生对学习也变得兴趣十足了，通过和家长的沟通，了解到，因为背诵后能大量识字，儿童的阅读能力也有所提高。由于学习效果明显，我设计完善了多门户外活动单元课程，通过广州研学旅行，解放儿童天性，帮助儿童更高效地学习，在识字、了解城市文化等多方面帮助儿童打下基础。

在课程实践过程中，不断观察试验，与家长沟通反馈总结，征求相关领域专家的意见后，慢慢形成了比较成熟的课程体系。

这是一种全新的教学方式，需要教学者和家长共同配合。

本课程对教学者的基本要求：

(1)具备一定的户外知识。如能识别方向、识别道路、规划学习路线，懂得儿童安全常识，有比较强的观察力和直觉力，能对不确定情况进行处理等。

(2)具备比较全面的语文、历史、地理等学科知识。背诵古诗文是一个方面，还要让儿童从每次的研学旅行中发现学习的意义与乐趣，这样才能让儿童在家坚持背诵学习。这要求教学者能在不同的场景中发现问题，提出问题，根据适合儿童的学习内容，设计相应活动引导儿童学习。在户外，教学是生成式的，儿童的问题和预定的教学设计往往不一样，要有广博的知识才能应对。

(3)具有较强的亲和力，了解儿童心理，会观察引导儿童。

本课程对家长的要求：

(1)配合教学实施。在研学旅行活动中，教学者比较容易和儿童建立亲密的师生关系，儿童也愿意完成比较难的背诵作业，但是需要家长在家中配合落实，抽出时间亲子共读，帮助儿童养成读书背诵的习惯。儿童一开始不太习惯读书背诵，但是家长陪伴一段时间后，儿童就会有兴趣。

(2)监督在家自主学习。在家中设计儿童的学习表格，帮助儿童对自己进行学习管理，让其看到自己的学习成果。

通过和家长的沟通交流发现这种教学模式持续3个月左右儿童的记忆力得到明显增强，学习效果非常明显：第一，很多儿童经过文言文背诵训练后，短诗读两三遍就可以背诵；第二，大部分儿童半年左右可以背完初中到高中的大部分古诗文；第三，儿童的识字量大大提升，能自主阅读相关书籍；第四，儿童的文言文语感大大提升，在没有文言文语法知识的背诵下，也可以对文言文进行断句。

编　者

2018年9月

目录

MULU

一　本书的排版说明

前人教了几千年古诗文，一定有很多值得学习借鉴的经验，通过文献资料研究和对宋代、清代等多种古籍的分析，发现古代书籍的排版设计更容易记忆与背诵。《论语》是古代儿童必学的科目，通过对各种版本的《论语》比较，发现古代论语书的字号大部分对应今天的粗体一号字或初号字，一页的字数一般为100字左右，非常容易阅读记忆，读一页可以记住一页。

我拿不同排版和字号的古诗文给儿童测试，在实践中观察发现，使用较小字体的文本时，儿童诵读时容易出现跳字甚至倒字的现象，记忆的效果不太理想，拿一本常规图书给儿童时，儿童不愿意背，但是把要学习的古诗文设计成一页或几页的大字小册子，儿童却欣然接受。另外，儿童自学古诗文时碰到的主要障碍是生字的读音。

由于市面上很难找到字大且标有拼音的古诗文学习材料。于是，我自行校对古诗文注音，重新排版设计读诵材料，字体用华文中宋粗体一号字，每页100个字左右，每次只给儿童一页或几页文本，发现诵读过程中跳字、倒字的现象少了很多，也极易背诵下来。

经过多次测试，观察儿童的反应，征求儿童的意见，发现注上拼音、一号中宋粗体或者更大字号、一页100字的文本确实非常适合儿童阅读与背诵，最小的不到3岁就可以学习了。刚开始学习的儿童可以用手指指着字，一个字一个字清楚地读出来。对于有读诵基础的儿童，可以提示把文本当成一幅画，像照相机一样用眼睛把文本拍下来，这样背诵的速度就更快了。

二 本书的教学目标说明

（1）基本走遍广州，在情境中学习城市中的百科知识。熟悉广州的主要历史文化景点，重点是与古诗文学习相关的地点。儿童在情境中学习的效果非常好，在户外研学旅行并不用特地教古诗文，通过师生对话，共同经历，共同发现，教学者与儿童很容易建立亲密关系，之后引导儿童在家完成学习即可，所以情境的选择不必过多限制。只要儿童有兴趣、有收获，通过对话引导，一样可以达到让儿童自主背诵学习的目标。

（2）识字教育。通过大量背诵古诗文和阅读生活中的文字，达到认识 3 000 ~ 5 000 个汉字的目标，具备自主阅读的能力。

（3）背诵古诗文。儿童在研学旅行中，学习兴趣得到激发和强化后，在家每天坚持背诵 100 个字，日积月累，这对文言文的语感形成也有帮助。

1. 本书的教学提示

研学旅行由于主要在户外学习，会受天气、交通等诸多不确定因素的影响，需要根据实际情况调整，本书给出的资料与案例只供参考，在教学前需要教学者亲自到现场进行修改确定。

教学者要认真研究广州各个有学习意义的景点及了解附近的情况，可以根据不同的情境引导学习不同的内容，不必限定于事先准备的材料；可以参考本书的案例，自行设计相关的主题线路，设计相应的学习问题单、任务单和活动单，整理适合儿童的阅读材料；在具体情境中指导学生认识生活中的文字，读诵与场景相关联的文本，观察发现生活中的知识，在调动儿童学习兴趣后，引导督促儿童在家自主学习。

2. 家中的自主学习说明

我国自古以来有易子而教的传统，《孟子》中就提到了，公孙丑曰："君子之不教子，何也？"孟子曰："势不行也。教者必以正，以正不行，继之以怒。继之以怒，则反夷矣。'夫子教我以正，夫子未出于正也。'则是父子相夷也。父子相夷，则恶矣。古者易子而教之，父子之间不责善。责善则离，离则不祥莫大焉。"过了一定年龄，父母教育儿童读书背诵会比较困难，但是教师布置任务，家长配合监督，变"要你读"为"帮你读"，这样效果就完全不同了。

在研学旅行中，教学者主要起到导学的作用，激发儿童学习兴趣，此外，还要落实家庭读诵任务，培养儿童在家中自主学习的习惯。

（1）由简易入手，开始形成每天读 10 分钟的习惯，之后增加为 20 分钟。如儿童 1 分钟可念 60 个字，10 分钟就念 600 个字，20 分钟可念 1 200 字。这样一次 100 字，20 分钟就可念 12 遍，基本就记住了。读书速度慢慢加快，就可越读越多，但是小孩不宜追求量，而要一篇篇突破。

（2）在家贴一个背诵计划表，完成一篇课文打个钩或盖个章，让儿童看到自己的读诵成果，形成习惯后就会自主学习了。

三 儿童的背诵与记忆力训练

儿童比较单纯，记忆力非常好，这时候应当让儿童大量读书背诵，训练增强记忆力，这样将来的学习会更轻松。《学记》中说：时过然后学，则虽勤苦而难成。这说明教学的顺序非常重要，小时候应当重点发展记忆力，这从生活中的访谈就可以发现，大部分人对曾经学习过的初高中内容的印象比较模糊，可见长大后再练习背诵，很难记住。

通过一年多的实践证明，儿童背诵的学习非常快，调整下教学顺序，儿童背诵初高中的古诗文没有困难；通过背诵训练后，儿童的认字能力也得到极大提高，不少儿童可以把背诵能力迁移到英语等其他学科的学习上。

1. 6岁前儿童的背诵

这个年纪的儿童比较听家长的话，教什么会什么，成年人认为难背的，对儿童来讲并不会有太大的难度，所以可以先背文言文，穿插诗歌，以儿童感到愉快为原则。

教儿童背诵，是帮助儿童在自己的天赋本能上学习。人类是先听声音后学习认字的，儿童可以先通过读与听来背诵古诗文，之后再开始识字。如果用指读法，儿童可以边读书边识字。

可以让儿童背一些短的古诗，让儿童体验到背诵的乐趣，之后再教一些短篇文言文，如《诫子书》《陋室铭》《学记》《大道之行也》《爱莲说》《富贵不能淫》等100字左右的短文。儿童会背书后的感觉是非常愉快的，如果再和同伴一起背，更是欣喜。文本记在脑子里，长大的过程中可以慢慢消化理解。如果不背，离开书本就不太记得了，更别说慢慢内化了。

教育这个年龄的儿童背诵并不难，关键是耐心和细心，认真陪伴。比如用跟读法，教师读一句，儿童跟一句，20个字左右为一段，重复几次，100个字的文章分成4～5个部分，儿童读 10 多分钟就基本会背了。具体多少字需要根据情况而定，以儿童容易背诵为准。难句要单独提出来多读几次。

家长在家带读时要熟悉文本，仔细体验声音，而不是文义，要先确定每个字的正确读音，如果不确信发音，可以查阅字典。带读时要字字响亮，每个字读清楚，不宜太快。

儿童背书是个养成教育的过程，原理像种花一样，要学会静待花开。开始可能没什么效果，但是根据观察，儿童背诵两三个月后，就会有巨大的变化。

2. 一、二年级以上不太愿意开口读书与背诵的儿童

不少这个年龄的儿童，没有开口读文言文的习惯，需要耐心陪伴。

教儿童背诵有很多方法，陪伴是非常重要的方式。广州研习旅行本质上也是一种陪伴教育，儿童在行走中，身心得到解放，可以根据情境引入读书背诵内容，引发儿童的兴趣。先从短的古诗开始引导，再从短篇文言文开始读诵。儿童有观察模仿的天性，一群儿童在一起，只要有几个开始背诵了，其他儿童就会开始模仿，所以教一群儿童背诵更容易。儿童适应背诵后，再指导儿童回家背诵比较长的文言文，帮助儿童突破自我，超越自我，之后儿童对读书背诵的信心会大增。再在家中持续练习一段时间背诵后，读诵背书能力会越来越强，据实验观察，经过背诵练习，读诵短文读两三遍就会背了。

在文本的学习顺序设计上，可以给儿童设计一些由易到难的背诵关，儿童一关关通过后，会感到喜悦，对学习的兴趣会越来越强。比如先背诵《岳阳楼记》这样较长的文章，完成后，再背诵《出师表》，这相当于初中最长的文言文，小学生发现自己能背初中生的文章了，学习信心会得到极大的增强，之后再背诵《滕王阁序》全文，那么以后 1 000 字内的古诗文就都不太难背了。

儿童背诵学习的难点在于坚持和激励，缺少背诵的坚持，训练出来的记忆力很容易退化；缺少教师和同伴的激励，又容易缺乏动力。看似很简单的背诵教学，实际上难度还是比较大的。

四　广州研学旅行的教学原则

广州研学旅行，把课堂从室内搬到户外，符合一些教育理念。

（1）儿童需要解放身心。有不少儿童不太适应课堂环境对身体的约束，换到户外学习后，学习积极性得到了提升。

（2）儿童需要真实的生活体验。儿童在环境的作用下，在生活中观察，丰富见闻，增加体验，从而增强语文能力。

（3）儿童的学习除了分科学习，还可以是全科学习。在户外，应当是百科全书式的学习，也是大语文的学习。儿童通过阅读有字之书和无字之书，增长见闻，增长体验。

（4）儿童需要同伴成长，同伴教育。儿童在一起行走，共同经历是一种比较好的学习方式。

（5）儿童信任和喜欢能带他们旅行的教师。这样教师就可以引导儿童正确地学习。

户外的研学旅行与通常的教学方式不同，需要改变传统的教学模式，要遵守一些原则：

原则一：顺应儿童的天性进行教学。探索、发现、听故事、做游戏、同伴交往等都是儿童的天性，在教学活动、教学内容设计上要考虑到儿童的天性和心理。

原则二：帮助儿童用天赋本能学习。教师转化成指导者，通过游玩的方式引导儿童记忆力、观察（感知）能力的发展，帮助儿童顺着天赋与能力去学习，超越自我，效果才更好。可以用简单容易的任务一步步引导儿童，让儿童感到喜悦，由简单开始不断地重复直到深化。教师可以通过观察发现儿童内在的变化，以确认方法是否合适。

原则三：解放儿童身体。在户外，不要过多地约束儿童，让儿童多走一走、看一看，儿童的身心得到释放后，更容易自觉学习。

原则四：注意环境对儿童的教育作用。要为儿童规划好线路，选择美好的环境，这样自然把美育包含其中了。

原则五：让儿童保持快乐，内心喜悦。多用游戏活动来教学，将儿童的学习内容转化成游戏活动来开展，如快慢读、变节奏读、接龙读、跳字读、听读、领读、飞花令、对课、团队接力读等。

五 广州研学旅行的课程设计

（1）打基础课程环节。

对于没有学过文言文的儿童，从完全不熟悉文言文到愿意开口读文言文需要一个过程。这就需要教学者创设情境让儿童直观地见到生活中的场景，激发儿童的兴趣。这期间主要是和儿童互相熟悉，建立情谊。儿童比较信任能带他们旅行的教师，能根据教师的要求开始学习背诵古诗文。

这预计要 3 ~ 6 次课，教学地点选在明远楼、伦文叙纪念馆、锦纶会馆、番禺学宫、万木草堂、林则徐纪念园、五仙观等，这可以让学生直接体验观察到生活中的古诗文，比如明远楼的号舍是用千字文编号的，锦纶会馆有与丝绸之路相关的古诗，行走这些地方解决了很多儿童不愿开口读书、背诵古诗文的问题。

（2）背诵文言文环节。

在行走广州过程中和儿童建立起亲密关系之后，可以示范读书方法与技巧，然后布置每天回家读 10 ~ 20 分钟，读熟 100 字古诗文的任务，在下一次研学旅行中检查落实情况。

（3）激励环节。

开口读诵并背诵文言文是非常重要的。儿童教育是静待花开的艺术，但是为了展示效果及给予信心，背诵过一段时间后可以进行一些带激励性质的测试。背诵长篇文言文后，大部分儿童读两三遍就会背比较短的文章和诗词，儿童发现自己的能力后，会感觉内心喜悦；这时再读一些没有标点的、生字不多的文言文，大多数儿童能凭语感断句读出，也会激发儿童的信心；还可以用飞花令、接龙等方式，帮儿童复习背诵过的文本，保持儿童的学习兴趣。

1. 广州研学旅行的基本教学流程

（1）学习路线设计。

教师需要预先进行实地考察，了解和记录相关的情况，对照情境设计问题、任务和活动。要科学规划好行走路线，行走范围在2公里以内，徒步距离在6公里以内，防止儿童因过多行走带来的意外伤害；尽可能地减少过马路的次数；尽量走空气比较好的小街；路线内必须有一个公共厕所，一般在集合后半小时内可到达。正式上课前，还要提前到实地考察，防止意外情况。

（2）学生集合。检查验收平时在家的读书背诵学习成果，给予适当的奖励。这有助于学生形成习惯。然后给出本次活动的学习任务单或学习问题单等，或是进行谈话鼓励。

（3）行走。在去目的地的路上做一些学习游戏，如诗歌接龙、飞花令等，同时引导观察生活。如汉乐府《江南》这首诗，大部分儿童都会背。教师可以结合情境对话，引导儿童开始读书背诵，比如在公园里看到莲花，问问哪首诗中有“莲”字，见到树叶，问问哪首诗有“叶”字，这样就很容易把儿童的学习情绪调动起来了。

（4）到达景点后，进行探索观察等活动。在儿童兴致高昂时，结合情境开展适合的读书活动。

（5）布置家庭读诵任务。

2. 学习效果分析

根据家长的反馈和平时的观察与测试，发现儿童只要能坚持每天背诵一些文言文，三个月左右，他们的记忆能力就能有较大提升，可以大段大段地背诵，碰到没有生字的古诗文，基本可以读一两遍就背下，对不复杂的文言文，能基本准确地断句。但是如果不坚持，中断一两个月，缺少教师激励和同伴氛围，儿童背诵古诗文的兴趣会很快下降，有的甚至不愿意背了，所以每天的坚持和定期的激励非常重要。

六 古诗文与广州真实情境的关系解读

只要认真分析研读古诗文，熟悉广州的历史文化景点，就可以找到两者之间的内在联系，根据真实的情境引导儿童背诵学习古诗文，就非常容易激发儿童的兴趣，同时印象深刻，经久不忘。

古诗文与广州的具体情境可以是直接相关的，也可以是间接相关的，比如古诗文特别强调情境交融，很多小学必背的古诗文能在现实生活中找到具体场景和事物，如风、叶、花等，可以让儿童背完一些小学古诗，有一些记忆存储，在路上行走时进行诗歌接龙、猜字等游戏，调动儿童的记忆和兴趣。对部分不愿意开口的儿童，从他们熟悉的内容开始，也容易激发学习的热情。当儿童观察到他们背诵的诗歌与生活的联系后，很容易引起内心的喜悦，学习积极性也高涨。

如《千字文》等儿童启蒙经典，在广州也有很多对应的地方，比如明远楼中有个明远楼的缩微模型，模型里的号舍编号是用《千字文》编写的；华林玉器街的一些店名和“金生丽水，玉出昆冈”相关。在儿童观察完生活后，出示相关的文本，就比较容易导入学习。《千字文》等蒙学经典，年龄较小的儿童可以尽早背完，有助于大量识字。

以下就广州各个场景与古诗文的关系进行具体解读，在设计广州研学旅行课程时可以举一反三，创设古诗文学习情境，开展教学活动。在具体的教学顺序设计上，建议先学习《诫子书》等家训类的经典，然后学习劝学类的经典，再开始学习一些中华经典的节选，这样逐渐引导儿童热爱学习背诵中华优秀经典。

1. 广州地铁、林则徐纪念园

广州地铁站不少地方有“俭以养德”四个字的宣传广告，待儿童看到俭以养德的文字后，再出示《诫子书》，请儿童寻找哪些字见过，可以自然导入《诫子书》的学习；也可以在儿童背诵完《诫子书》后，回忆或寻找一下身边哪里有《诫子书》的文字。

在林则徐纪念园可以学习林则徐的家训《十无益》，从林则徐的家训可以联想到诸葛亮的家训，自然过渡到相关文本的学习。

在林则徐纪念园，还可以自然导入林则徐的名句的背诵。

2. 中山纪念堂、大元帅府等地

广州有很多地方与孙中山有关，《大道之行也》中的“天下为公”四个字在中山纪念堂可以见到。可以设计一个教学活动，到了中山纪念堂，让儿童看完《大道之行也》，再去周边寻找有哪些字是在该文中出现过的。《大道之行也》的原文在大元帅府也有，可以用寻找发现的方法来进行学习引导。在户外，儿童的兴趣点有时会偏离预定计划，当出现这种情况应及时引导回来。

另外在华南理工大学、明远楼等地经常见到孙中山题词“博学　慎思　明辨　笃行”，可以以此导入《中庸》的学习。

3. 华南农业大学的儒园

华南农业大学的儒园刻了很多中华经典的名句，儿童先认识这些短的文本，背诵下来，将来学习长篇背诵时，见到熟悉的文本就会有亲切感，容易接受。

4. 白云观、华南植物园

白云观附近有一大片竹林，和《兰亭集序》中的“此处有茂林修竹”文字描述的情景很像，类似的场景在华南植物园里面也有。华南植物园里面还可以见到《记承天寺夜游》中描写的“水中藻荇交横”的场景。

5. 白云山

在爬白云山时，与《醉翁亭记》中的描写山、人的文字也有很多对应之处，比如“林壑尤美”“渐闻水声潺潺”“峰回路转”等。

6. 白云山的桃花涧

白云山的桃花涧有刻了《桃花源记》的碑，周边环境有些恍如文中描写的场景，是非常好的学习情境。

7. 流水井书院群、东山湖公园等

流水井有个濂溪书院的牌子，而周濂溪就是周敦颐，是《爱莲说》的作者。

8. 六榕寺

六榕寺的“六榕”两字是苏东坡的书法，六榕寺里有苏东坡的像，可以以此复习苏东坡的诗文。六榕寺里还有王勃写的碑文，可以以此复习王勃的诗文。古诗中有不少寺和塔，也可以用这些帮助儿童回忆背诵过的古诗。

9. 番禺学宫

番禺学宫是古代人读书的地方，也是毛泽东开办农民运动讲习所的地方。在这里可以联想到《送东阳马生序》，还可以学习毛泽东诗词。

10. 七星岗古海岸遗址

这里可以联想到《观沧海》《浪淘沙·北戴河》等诗文。

11. 烈士陵园的广东革命历史博物馆

这里可以复习秋瑾的《满江红》，可以从北伐战争联想到《出师表》等古诗文。

12. 东山口一带的中共三大旧址、春园等

由于毛泽东在这附近生活工作过，可以在这学习毛泽东诗词。

事物是普遍联系的，只要认真分析，很多古诗文都能和广州的具体场景建立对应关系，这些场景经过设计之后，就可以变化教学情境，引导儿童自主学习。

七 广州研学旅行的课程活动设计

在广州研学旅行中，帮助儿童背诵阅读的是广州这本无字之书和古诗文的有字之书，既丰富了知识，又增长了见闻。

儿童背诵学习是个性化学习和自主学习，没办法统一要求、统一进度，而且儿童不愿意背诵，也很难强迫，需要用各种方法引导与激励。还有些儿童可以表现出较强的空间智能等其他的能力，也不可能统一要求做同一件事。在研学旅行中，主要是体验式学习和生成式教学，教学无定法，教学法需要综合应用，根据实际情况、具体情境，以及儿童状态进行变化调整，不必让儿童陷在一个固定的教学模式中。

广州是历史文化名城，有大量与课本学习相关的情境，可以根据不同的情境，设计不同的学习主题和学习活动，这里仅举一些案例供实际运用参考，实际操作中可以根据具体情况进行设计。

（1）体验式学习。

探索、发现、好奇是儿童的天性，由于我们的教学侧重点是儿童的识字教育，读有字之书和无字之书，可以事先踩点，将要去的地方的文字，如地名、路名、商店名、人名等文字，特别是和将来背诵的文本相关的文字提取出来，按照行走路线，逐一排列，让儿童带着这些文字去寻找发现印证，容易调动儿童识字的兴趣。

比如带儿童去东山口学习，目的是了解东山口的文化与了解毛泽东诗词，可以将毛泽东、杨开慧、李大钊、陈树人、东山少爷、署前路、银行、东山百货、龟岗、培正、基督教东山堂、恤孤院路、新河浦、寺贝通津、烟墩路、海军、启明等文字排列在字卡上，让儿童人手一张，边走边发现。

（2）活动学习。

为了激发儿童的学习兴趣，可以设计一些儿童容易进行的活动，让儿童在不知不觉中投入学习。

活动设计有很多形式，寻找发现是最基本的，如去明远楼，当儿童看到明远楼的模型之后，请儿童猜测龙虎墙在哪里，然后去寻找模型上的龙虎墙；如去华南农业大学的儒园，可以设计一个统计表格，让儿童统计一下出自不同经典的名句有多少。

活动一：请观察这些石头，统计石头上的话的出处，用画“正”字的方法进行统计。

经典名句统计表

《大学》	
《论语》	
《孟子》	
《中庸》	
《荀子》	
《尚书》	
《礼记》	
《周易》	
《韩愈》	

活动二：找一找老师给定材料的文字在哪块石头上。

（3）问题化学习。

这种主要适用于知识内容比较多的场合，如明远楼里有很多文字介绍，可以预先设计好问题单，引导儿童到所在地寻找问题的答案。这些答案一定要在相关场地找得到，才能激发儿童兴趣。

（4）故事学习。

儿童天生爱听故事，可以将与情境有关的故事寻找出来，让儿童阅读之后再开始行走。

1. 课程案例一：明远楼

学习问题活动单：

（1）古代考试分几个等级？

（2）古代考试第一名叫什么？第二名叫什么？第三名叫什么？

（3）古代考试几点钟开始？要考多久？

（4）历史上广东出过多少个状元？

（5）古代考试是几个人一间教室？教室有多大？

（6）贡院考场最多有多少间？

（7）明远楼在广州旧城的什么方位？

（8）古代读书人考试分几个等级？

（9）科举制度在哪年结束？

（10）孙中山的题词内容是什么？

这些问题是根据明远楼里面的资料设计的，在明远楼里面都可以找得到，如果里面的场景、介绍等发生变化了，需要再重新设计。

学习活动：

（1）提前准备《千字文》的文本，请学生观察明远楼的号舍模型，提示编号是由哪些字组成的，之后请学生读一下《千字文》。

（2）观察古代的圣旨是什么样的，试着朗读上面的文字。

（3）讲讲鲤鱼跳龙门的故事，请学生寻找明远楼内的龙门在哪里。

（4）观察明远楼模型，请学生猜一猜古代考试成绩在哪里公布。

（5）一起去寻找龙虎墙。

2. 课程案例二：锦纶会馆的丝绸之路

课程线路：地铁陈家祠站—徒步经过玉器市场—华林寺—西来街—上下九—锦纶会馆—回地铁站。

学习问题活动单：

（1）讲讲和氏璧的故事、《千字文》的故事、达摩的故事、《西游记》的故事。

（2）《千字文》有一句话提到了玉，能否在路上找到这句话？

（3）达摩祖师从广州现在的哪里上岸？他从广州上岸是不是很奇怪？为什么？

（4）丝绸之路是谁最先走的？在会馆里找找。

（5）丝绸之路从哪里出发？路上都经过什么地方？在会馆里找找。

（6）观察一下房子的外观，和平时见到的宫殿有什么区别？

学习活动：

（1）集合，看地图推测锦纶会馆的方位。

（2）路上行走时观察路边的路牌，寻找在《千字文》中出现过的文字。

（3）经过玉器市场，观察各种玉。

（4）到了华林寺，去五百堂内寻找马可波罗的雕像。

（5）寻找达摩祖师像。

（6）出了华林寺后，寻找达摩祖师的相关遗迹。

（7）寻找西来古岸的碑。

（8）去锦纶会馆，观察建筑的外形。

（9）读一下丝绸之路的诗歌，找一下诗歌中的相关地名，然后在锦纶会馆中寻找地图上的地名。

（10）回地铁站。

3. 课程案例三：广东革命历史博物馆

学习地点：广东咨询局旧址、广州近代史博物馆。

学习问题活动单：

（1）珠江上有几个炮台？

（2）孙中山在哪年宣誓当总统的？

（3）执信中学的名字来由是什么？

（4）北伐战争在哪里举行出征仪式的？

（5）中山大学哪一年建立的？

（6）第一批留美学童有谁？

（7）我国近代第一个留美学生是谁？

（8）广东近代第一个科学家是谁？

（9）我国最早的飞行家是谁？

（10）华南地区第一所天文台在哪？

（11）广州什么时候开始放映有声电影？

4. 课程案例四：广州历史

六榕街附近行走。

学习问题活动单：

（1）赵佗建立了什么国家？定都在哪里？

（2）南越国存在了多少年？

（3）珠江名字的来由是什么？

（4）广州最早叫什么？

（5）六榕寺花塔俗称什么？

（6）六榕寺花塔有多高？

（7）苏东坡在这写了哪几个字？

（8）《大公报》临时社址在哪里？

（9）1927 年，鲁迅在知用中学发表了什么演讲？

（10）广州最古老的井叫什么？

（11）王勃来过广州吗？

学习活动：

（1）数一数广州旧城的城门有多少个？指出每一个认识的景点的方向与位置。

（2）寻找旧南海县的门牌。

（3）寻找《大公报》的临时社址。

八　家中的背诵养成教育

广州研学旅行是导学性质，目的是提升儿童学习兴趣和激励继续学习，平时的背诵还需要在家里完成。背诵学习是个性化很强的自主学习，从历史上的私塾的教学经验来看，也极少要求统一进度的。每个儿童是根据自己的读书能力发展的，而且背诵是儿童用自己的天赋本能来学习，和通常以教为主的学习不太相同。儿童最重要的是保持习惯和兴趣，要是在家能背 100 字，就要求背 70 个字，让儿童觉得事情很容易，一直引导，儿童自己就会增加背诵量了。易简易从，易从则有功，有功则可大，儿童一天背诵 100 个字，看上去不多，但是一年下来就背诵了 36 000 个字，整个初高中要背的古诗文也就 10 000 多字，而且儿童一天背诵 100 字成习惯后，过一些时间就会自我超越，记忆力越来越好，背诵的量就不止这些了，在背诵的同时，儿童的识字教育也在不知不觉中完成了大部分，而且由于儿童是成块背诵，阅读能力也会得到提升。

由于家长没有教育学的背景，对如何在家引导儿童背诵还存在很多疑问，每个儿童的情况又不尽相同，没有统一的标准答案，这里汇总一下常见的问题答疑，供实施儿童在家养成教育的家长参考，以更好地配合教师的教学。

（1）为什么儿童要强调背诵?

答：背诵不是万能的，但是记忆力是儿童学习所有学科的最基础的能力，所以从小就要让儿童研究自己是如何背书和记忆的，形成自己的学习方法。

儿童的教学时机与教学顺序很重要。儿童时期记忆力最强，容易背诵很多东西，但是成年后再记忆就比较困难。儿童应当先发展记忆力，再发展理解力，这才顺应儿童的思维成长规律。

儿童背诵要从母语开始，要从背诵古诗文开始，提升语文能力。当背诵能力得到提升之后，还需要将背诵能力迁移到其他学科，这样才能促使儿童全面进步。

（2）为什么行走了广州，儿童就能背诵相关古诗文呢？

答：有很多儿童会很自觉地背诵，但是也有不少儿童不愿意背诵。他们或许希望知道自己做的事有什么意义，所以当儿童发现背诵的古诗文可以与具体场景关联后，就会引起兴趣。

当然其中还有教师引导和同伴影响的因素，教师会背，学生也会模仿，当儿童见到其他儿童会背诵时，也会不自觉地模仿。

（3）儿童背诵的目的是什么？

答：学习文言文和学习英语一样，儿童背诵多了，语感就产生了，以后在学校里学习文言文就比较容易了。背诵可以提高儿童的定力和专注力。没有专注力是难以背诵的，据观察，儿童开始虽然不愿意背书，一旦会背诵了，就成就感十足，在背诵时会感到很愉快，精神和气质也会发生比较大的变化。背诵能力可以迁移。文言文会背了，白话文容易背了，英语也容易背了，对其他学科也有类似的功效。

（4）孩子在家中不愿意开口背诵怎么办？

答：要循序渐进地引导。开始不要叫孩子背书，而是让孩子开口读，先是少量的文字，重复几次，不少儿童会突然发现自己记住了，就容易对背诵产生兴趣。比如让儿童先读 10 个字左右，读 5 遍或 10 遍，儿童就记住了，再加 10 个字左右，慢慢引导。

（5）怎么样激发儿童背诵的兴趣？

答：身教重于言传。家长熟悉一下文本，自己当儿童的面先背一些，激发儿童模仿的兴趣。不要一开始就叫孩子背诵，可以通过讲故事或笑话导入，或是和孩子一起做游戏，比如找一找、数一数文本上有几个字认识、几个字不认识，这样慢慢导入。最终要让儿童从背诵的兴趣形成背诵的习惯，每天固定读 10 分钟，将来加到 20 分钟。

（6）如何确定儿童每天的背诵量？

答：从简单开始，从容易开始，要注意观察儿童，不要让其觉得困难。超过自己的能力，儿童容易受挫，就难以坚持。比如儿童能背诵 100 字，就要求儿童背诵 70 个字，这样儿童会很高兴地接受，会坚持去做，同时感到喜悦。这样开始看上去似乎很慢，但是由于背诵能力是儿童的天赋本能，引导儿童习惯背诵后，记忆力会大大提升，只要坚持下来，实则后来会很快。

（7）儿童能背诵高中生才学的文言文吗？

答：儿童的模仿力极强，学任何语言的难度是一样的，教什么语言会什么语言。回想下，我们小时候学方言，是不是听多了就会了。文言文也一样，经常读，耳朵听，经常背诵，儿童自然就会了。

（8）儿童背诵用什么学习资料比较好？

答：经过反复比对和试验，发现字号大的注音文本比较适合儿童背诵，而且在开始时，需要一页页给儿童，让儿童觉得负担很轻，就容易实施。换位思考，如果有人叫我们背下一本书，我们也会很难接受，但是只背一页，可能就会欣然接受了。

另外，一页页文本，也方便儿童进行文本比较，发现其中的关联，找到乐趣。

（9）教儿童背诵具体有什么方法？

答：方法有很多，大道至简，找到一种最适合的执行就可以了。以下介绍常用的几种方法：

秒表比赛法。儿童开始不一定能做到背诵，但是把文本读得尽量快，是每个儿童都可以努力的。当儿童读得足够快的时候，自然就会背诵下来了。同时可以引入比赛激励，一是和自己比，看自己最快能读多快；二是和家人比，这样儿童都会在不知不觉中完成背诵。

游戏法。和儿童玩背诵游戏，你背一句，我背一句，进行背诵接龙、飞花令等。

听背法。认真听儿童背诵，不要批评，让儿童感受到尊重，这也可以激励儿童背诵。

故事引导法。把儿童要背诵的文本的相关故事找出来，从讲故事开始导入，儿童比较容易接受。

波浪提升法。从简易开始，让儿童容易完成，比如孩子能背 200 字，就让孩子读 100 个字，给孩子 3 页纸，只要求孩子读 1 页。儿童背诵能力提高后，背一个长的进行自我突破，然后背一批短的，再背一个长的，这样波浪式前进，帮助孩子突破自我。

背诵学习可视化。将儿童需要完成的背诵任务制成表格，张贴在家里的墙上，完成了就打个钩或涂个色，让儿童能直观地看到自己学习成果的变化，同时也可以督促儿童自觉完成任务。

所有的方法最终是希望不再用方法，儿童都能自觉自主地背诵。

九　学生背诵后的测试

古代测试文言文的方法之一是句读。参考前人的做法，又为了方便对比，这里选择小学课本中出现的白话文的原文，将标点去掉来测试儿童的句读能力，结果发现，儿童经过大量的背诵练习后，可以快速、很准确地读诵出来。

记忆能力的测试

白话文是我们日常使用的，一般白话文短文读一遍我们就基本可以记住，但是古诗文我们要花很多时间记忆，这主要是语感的问题。儿童经过古诗文背诵训练后，就有了古文的语感，也基本可以做到读一两遍就能背。可以选用一些生字较少的宋词放大打印后给儿童进行练习测试，让儿童体验到读一两遍就可以背诵的成就感，激励儿童继续学习，向难度更大的背诵挑战，以下列举三篇：

矛与盾

《韩非子·难一》

chǔ rén yǒu yù dùn yǔ máo zhě yù zhī yuē wú
楚人有鬻盾与矛者誉之曰吾

dùn zhī jiān wù mò néng xiàn yě yòu yù qí máo yuē wú
盾之坚物莫能陷也又誉其矛曰吾

máo zhī lì yú wù wú bù xiàn yě huò yuē yǐ zǐ zhī
矛之利于物无不陷也或曰以子之

máo xiàn zǐ zhī dùn hé rú qí rén fú néng yìng yě fú
矛陷子之盾何如其人弗能应也夫

bù kě xiàn zhī dùn yǔ wú bù xiàn zhī máo bù kě tóng
不可陷之盾与无不陷之矛不可同

shì ér lì
世而立

惊弓之鸟

《战国策·楚策四》

yì rì zhě gēng léi yǔ wèi wáng chǔ jīng tái zhī
异日者更羸与魏王处京台之

xià yǎng jiàn fēi niǎo gēng léi wèi wèi wáng yuē chén wèi wáng
下仰见飞鸟更羸谓魏王曰臣为王

yǐn gōng xū fā ér xià niǎo wèi wáng yuē rán zé shè kě
引弓虚发而下鸟魏王曰然则射可

zhì cǐ hū gēng léi yuē kě
至此乎更羸曰可

yǒu jiàn yàn cóng dōng fāng lái gēng léi yǐ xū fā
有间雁从东方来更羸以虚发

ér xià zhī wèi wáng yuē rán zé shè kě zhì cǐ hū gēng
而下之魏王曰然则射可至此乎更

léi yuē cǐ niè yě wáng yuē xiān shēng hé yǐ zhī zhī duì
羸曰此孽也王曰先生何以知之对

yuē qí fēi xú ér míng bēi fēi xú zhě gù chuāng tòng yě
曰其飞徐而鸣悲飞徐者故疮痛也

míng bēi zhě jiǔ shī qún yě gù chuāng wèi xī ér jīng xīn
鸣悲者久失群也故疮未息而惊心

wèi wàng yě wén xián yīn yǐn ér gāo fēi gù chuāng liè ér
未忘也闻弦音引而高飞故疮裂而

yǔn yě
陨也

南辕北辙

《战国策·魏策四》

wèi wáng yù gōng hán dān jì liáng wén zhī zhōng dào
魏王欲攻邯郸季梁闻之中道

ér fǎn yī jiāo bù shēn tóu chén bù qù wǎng jiàn wáng yuē
而反衣焦不申头尘不去往见王曰

jīn zhě chén lái jiàn rén yú dà xíng fāng běi miàn ér chí
今者臣来见人于大行方北面而持

qí jià gào chén yuē wǒ yù zhī chǔ chén yuē jūn zhī chǔ
其驾告臣曰我欲之楚臣曰君之楚

jiāng xī wéi běi miàn yuē wú mǎ liáng chén yuē mǎ suī liáng
将奚为北面曰吾马良臣曰马虽良

cǐ fēi chǔ zhī lù yě yuē wú yòng duō chén yuē yòng suī
此非楚之路也曰吾用多臣曰用虽

duō cǐ fēi chǔ zhī lù yě yuē wú yù zhě shàn cǐ shuò
多此非楚之路也曰吾御者善此数

zhě yù shàn ér lí chǔ yù yuǎn ěr jīn wáng dòng yù chéng
者愈善而离楚愈远耳今王动欲成

bà wáng jǔ yù xìn yú tiān xià shì wáng guó zhī dà bīng
霸王举欲信于天下恃王国之大兵

zhī jīng ruì ér gōng hán dān yǐ guǎng dì zūn míng wáng zhī
之精锐而攻邯郸以广地尊名王之

dòng yù shuò ér lí wáng yù yuǎn ěr yóu zhì chǔ ér běi
动愈数而离王愈远耳犹至楚而北

xíng yě cǐ suǒ wèi nán qí yuán ér běi qí zhé yě
行也此所谓南其辕而北其辙也

十　小学古诗

说明：本书的目的是背诵与识字，所以字体尽可能大，一页的字不宜多。

江　南

汉乐府

jiāng nán kě cǎi lián　lián yè hé tián tián
江南可采莲，莲叶何田田。

yú xì lián yè jiān　yú xì lián yè dōng
鱼戏莲叶间，鱼戏莲叶东，

yú xì lián yè xī　yú xì lián yè nán
鱼戏莲叶西，鱼戏莲叶南，

yú xì lián yè běi
鱼戏莲叶北。

长歌行

汉乐府

qīng qīng yuán zhōng kuí, zhāo lù dài rì xī
青青园中葵，朝露待日晞。

yáng chūn bù dé zé, wàn wù shēng guāng huī
阳春布德泽，万物生光辉。

cháng kǒng qiū jié zhì, kūn huáng huā yè shuāi
常恐秋节至，焜黄华叶衰。

bǎi chuān dōng dào hǎi, hé shí fù xī guī
百川东到海，何时复西归。

shào zhuàng bù nǔ lì, lǎo dà tú shāng bēi
少壮不努力，老大徒伤悲。

敕勒歌

北朝民歌

chì lè chuān yīn shān xià
敕勒川，阴山下。

tiān sì qióng lú lǒng gài sì yě
天似穹庐，笼盖四野。

tiān cāng cāng yě máng máng
天苍苍，野茫茫，

fēng chuī cǎo dī xiàn niú yáng
风吹草低见牛羊。

咏　鹅

（唐）骆宾王

é　é　é　qū xiàng xiàng tiān gē
鹅，鹅，鹅，曲项向天歌。

bái máo fú lǜ shuǐ　hóng zhǎng bō qīng bō
白毛浮绿水，红掌拨清波。

风

（唐）李　峤

jiě luò sān qiū yè　néng kāi èr yuè huā
解落三秋叶，能开二月花。

guò jiāng qiān chǐ làng　rù zhú wàn gān xié
过江千尺浪，入竹万竿斜。

咏　柳

（唐）贺知章

bì yù zhuāng chéng yī shù gāo
碧玉妆成一树高，

wàn tiáo chuí xià lǜ sī tāo
万条垂下绿丝绦。

bù zhī xì yè shéi cái chū
不知细叶谁裁出，

èr yuè chūn fēng sì jiǎn dāo
二月春风似剪刀。

回乡偶书

（唐）贺知章

shào xiǎo lí jiā lǎo dà huí
少小离家老大回，

xiāng yīn wú gǎi bìn máo cuī
乡音无改鬓毛衰。

ér tóng xiāng jiàn bù xiāng shí
儿童相见不相识，

xiào wèn kè cóng hé chù lái
笑问客从何处来。

凉州词

（唐）王之涣

huáng hé yuǎn shàng bái yún jiān
黄河远上白云间，

yī piàn gū chéng wàn rèn shān
一片孤城万仞山。

qiāng dí hé xū yuàn yáng liǔ
羌笛何须怨杨柳，

chūn fēng bù dù yù mén guān
春风不度玉门关。

登鹳雀楼

（唐）王之涣

bái rì yī shān jìn huáng hé rù hǎi liú
白日依山尽，黄河入海流。

yù qióng qiān lǐ mù gèng shàng yī céng lóu
欲穷千里目，更上一层楼。

春　晓

（唐）孟浩然

chūn mián bù jué xiǎo chù chù wén tí niǎo
春眠不觉晓，处处闻啼鸟。

yè lái fēng yǔ shēng huā luò zhī duō shǎo
夜来风雨声，花落知多少。

凉州词

（唐）王　翰

pú táo měi jiǔ yè guāng bēi
葡萄美酒夜光杯，

yù yǐn pí pá mǎ shàng cuī
欲饮琵琶马上催。

zuì wò shā chǎng jūn mò xiào
醉卧沙场君莫笑，

gǔ lái zhēng zhàn jǐ rén huí
古来征战几人回？

出塞

（唐）王昌龄

qín shí míng yuè hàn shí guān
秦时明月汉时关，

wàn lǐ cháng zhēng rén wèi huán
万里长征人未还。

dàn shǐ lóng chéng fēi jiàng zài
但使龙城飞将在，

bù jiào hú mǎ dù yīn shān
不教胡马度阴山。

芙蓉楼送辛渐

（唐）王昌龄

hán yǔ lián jiāng yè rù wú
寒雨连江夜入吴，

píng míng sòng kè chǔ shān gū
平明送客楚山孤。

luò yáng qīn yǒu rú xiāng wèn
洛阳亲友如相问，

yī piàn bīng xīn zài yù hú
一片冰心在玉壶。

鹿柴

（唐）王　维

kōng shān bù jiàn rén　dàn wén rén yǔ xiǎng
空山不见人，但闻人语响。

fǎn yǐng rù shēn lín　fù zhào qīng tái shàng
返景入深林，复照青苔上。

送元二使安西

（唐）王　维

wèi chéng zhāo yǔ yì qīng chén
渭城朝雨浥轻尘，

kè shè qīng qīng liǔ sè xīn
客舍青青柳色新。

quàn jūn gèng jìn yī bēi jiǔ
劝君更尽一杯酒，

xī chū yáng guān wú gù rén
西出阳关无故人。

九月九日忆山东兄弟

（唐）王　维

dú zài yì xiāng wéi yì kè
独在异乡为异客，

měi féng jiā jié bèi sī qīn
每逢佳节倍思亲。

yáo zhī xiōng dì dēng gāo chù
遥知兄弟登高处，

biàn chā zhū yú shǎo yī rén
遍插茱萸少一人。

静夜思

（唐）李　白

chuáng qián míng yuè guāng　yí shì dì shàng shuāng
床前明月光，疑是地上霜。

jǔ tóu wàng míng yuè　dī tóu sī gù xiāng
举头望明月，低头思故乡。

古朗月行

（唐）李　白

xiǎo shí bù shí yuè　hū zuò bái yù pán
小时不识月，呼作白玉盘。

yòu yí yáo tái jìng　fēi zài qīng yún duān
又疑瑶台镜，飞在青云端。

xiān rén chuí liǎng zú　guì shù hé tuán tuán
仙人垂两足，桂树何团团。

bái tù dǎo yào chéng　wèn yán yǔ shéi cān
白兔捣药成，问言与谁餐？

望庐山瀑布

（唐）李　白

rì zhào xiāng lú shēng zǐ yān
日照香炉生紫烟，

yáo kàn pù bù guà qián chuān
遥看瀑布挂前川。

fēi liú zhí xià sān qiān chǐ
飞流直下三千尺，

yí shì yín hé luò jiǔ tiān
疑是银河落九天。

赠汪伦

（唐）李　白

lǐ bái chéng zhōu jiāng yù xíng
李白乘舟将欲行，

hū wén àn shàng tà gē shēng
忽闻岸上踏歌声。

táo huā tán shuǐ shēn qiān chǐ
桃花潭水深千尺，

bù jí wāng lún sòng wǒ qíng
不及汪伦送我情。

黄鹤楼送孟浩然之广陵

（唐）李　白

gù rén xī cí huáng hè lóu
故人西辞黄鹤楼，

yān huā sān yuè xià yáng zhōu
烟花三月下扬州。

gū fān yuǎn yǐng bì kōng jìn
孤帆远影碧空尽，

wéi jiàn cháng jiāng tiān jì liú
唯见长江天际流。

早发白帝城

（唐）李　白

zhāo cí bái dì cǎi yún jiān
朝辞白帝彩云间，
qiān lǐ jiāng líng yī rì huán
千里江陵一日还。
liǎng àn yuán shēng tí bù zhù
两岸猿声啼不住，
qīng zhōu yǐ guò wàn chóng shān
轻舟已过万重山。

望天门山

（唐）李 白

tiān mén zhōng duàn chǔ jiāng kāi
天门中断楚江开，

bì shuǐ dōng liú zhì cǐ huí
碧水东流至此回。

liǎng àn qīng shān xiāng duì chū
两岸青山相对出，

gū fān yī piàn rì biān lái
孤帆一片日边来。

别董大

（唐）高　适

qiān lǐ huáng yún bái rì xūn
千里黄云白日曛，

běi fēng chuī yàn xuě fēn fēn
北风吹雁雪纷纷。

mò chóu qián lù wú zhī jǐ
莫愁前路无知己，

tiān xià shéi rén bù shí jūn
天下谁人不识君？

绝 句

（唐）杜 甫

liǎng gè huáng lí míng cuì liǔ
两个黄鹂鸣翠柳，

yī háng bái lù shàng qīng tiān
一行白鹭上青天。

chuāng hán xī lǐng qiān qiū xuě
窗含西岭千秋雪，

mén bó dōng wú wàn lǐ chuán
门泊东吴万里船。

春夜喜雨

（唐）杜　甫

hǎo yǔ zhī shí jié，dāng chūn nǎi fā shēng。
好雨知时节，当春乃发生。

suí fēng qián rù yè，rùn wù xì wú shēng。
随风潜入夜，润物细无声。

yě jìng yún jù hēi，jiāng chuán huǒ dú míng。
野径云俱黑，江船火独明。

xiǎo kàn hóng shī chù，huā zhòng jǐn guān chéng。
晓看红湿处，花重锦官城。

绝　句

（唐）杜　甫

chí rì jiāng shān lì　chūn fēng huā cǎo xiāng
迟日江山丽，春风花草香。

ní róng fēi yàn zǐ　shā nuǎn shuì yuān yāng
泥融飞燕子，沙暖睡鸳鸯。

江畔独步寻花

（唐）杜　甫

huáng shī tǎ qián jiāng shuǐ dōng
黄师塔前江水东，

chūn guāng lǎn kùn yǐ wēi fēng
春光懒困倚微风。

táo huā yī cù kāi wú zhǔ
桃花一簇开无主，

kě ài shēn hóng ài qiǎn hóng
可爱深红爱浅红？

枫桥夜泊

（唐）张　继

yuè luò wū tí shuāng mǎn tiān
月落乌啼霜满天，

jiāng fēng yú huǒ duì chóu mián
江枫渔火对愁眠。

gū sū chéng wài hán shān sì
姑苏城外寒山寺，

yè bàn zhōng shēng dào kè chuán
夜半钟声到客船。

滁州西涧

（唐）韦应物

dú lián yōu cǎo jiàn biān shēng
独怜幽草涧边生，

shàng yǒu huáng lí shēn shù míng
上有黄鹂深树鸣。

chūn cháo dài yǔ wǎn lái jí
春潮带雨晚来急，

yě dù wú rén zhōu zì héng
野渡无人舟自横。

游子吟

（唐）孟　郊

cí mǔ shǒu zhōng xiàn
慈母手中线，

yóu zǐ shēn shàng yī
游子身上衣。

lín xíng mì mì féng
临行密密缝，

yì kǒng chí chí guī
意恐迟迟归。

shéi yán cùn cǎo xīn
谁言寸草心，

bào dé sān chūn huī
报得三春晖。

早春呈水部张十八员外

（唐）韩　愈

tiān jiē xiǎo yǔ rùn rú sū
天街小雨润如酥，

cǎo sè yáo kàn jìn què wú
草色遥看近却无。

zuì shì yī nián chūn hǎo chù
最是一年春好处，

jué shèng yān liǔ mǎn huáng dū
绝胜烟柳满皇都。

渔歌子

（唐）张志和

xī sài shān qián bái lù fēi
西塞山前白鹭飞，

táo huā liú shuǐ guì yú féi
桃花流水鳜鱼肥。

qīng ruò lì lǜ suō yī
青箬笠，绿蓑衣，

xié fēng xì yǔ bù xū guī
斜风细雨不须归。

塞下曲

（唐）卢　纶

yuè hēi yàn fēi gāo, chán yú yè dùn táo.
月黑雁飞高，单于夜遁逃。

yù jiāng qīng jì zhú, dà xuě mǎn gōng dāo.
欲将轻骑逐，大雪满弓刀。

望洞庭

（唐）刘禹锡

hú guāng qiū yuè liǎng xiāng hè
湖光秋月两相和，

tán miàn wú fēng jìng wèi mó
潭面无风镜未磨。

yáo wàng dòng tíng shān shuǐ sè
遥望洞庭山水色，

bái yín pán lǐ yī qīng luó
白银盘里一青螺。

浪淘沙

（唐）刘禹锡

jiǔ qū huáng hé wàn lǐ shā
九曲黄河万里沙，

làng táo fēng bǒ zì tiān yá
浪淘风簸自天涯。

rú jīn zhí shàng yín hé qù
如今直上银河去，

tóng dào qiān niú zhī nǚ jiā
同到牵牛织女家。

赋得古原草送别

（唐）白居易

lí lí yuán shàng cǎo yī suì yī kū róng
离离原上草，一岁一枯荣。

yě huǒ shāo bù jìn chūn fēng chuī yòu shēng
野火烧不尽，春风吹又生。

yuǎn fāng qīn gǔ dào qíng cuì jiē huāng chéng
远芳侵古道，晴翠接荒城。

yòu sòng wáng sūn qù qī qī mǎn bié qíng
又送王孙去，萋萋满别情。

池　上

（唐）白居易

xiǎo wá chēng xiǎo tǐng　tōu cǎi bái lián huí
小娃撑小艇，偷采白莲回。
bù jiě cáng zōng jì　fú píng yī dào kāi
不解藏踪迹，浮萍一道开。

忆江南

（唐）白居易

jiāng nán hǎo　fēng jǐng jiù céng ān
江南好，风景旧曾谙。
rì chū jiāng huā hóng shèng huǒ
日出江花红胜火，
chūn lái jiāng shuǐ lǜ rú lán
春来江水绿如蓝，
néng bù yì jiāng nán
能不忆江南？

小儿垂钓

（唐）胡令能

péng tóu zhì zǐ xué chuí lún
蓬头稚子学垂纶，

cè zuò méi tái cǎo yìng shēn
侧坐莓苔草映身。

lù rén jiè wèn yáo zhāo shǒu
路人借问遥招手，

pà dé yú jīng bù yìng rén
怕得鱼惊不应人。

悯农（一）

（唐）李　绅

chūn zhòng yī lì sù, qiū shōu wàn kē zǐ.
春种一粒粟，秋收万颗子。

sì hǎi wú xián tián, nóng fū yóu è sǐ.
四海无闲田，农夫犹饿死。

悯农（二）

（唐）李　绅

chú hé rì dāng wǔ, hàn dī hé xià tǔ.
锄禾日当午，汗滴禾下土。

shéi zhī pán zhōng cān, lì lì jiē xīn kǔ.
谁知盘中餐，粒粒皆辛苦。

江 雪

（唐）柳宗元

qiān shān niǎo fēi jué　wàn jìng rén zōng miè
千山鸟飞绝，万径人踪灭。

gū zhōu suō lì wēng　dú diào hán jiāng xuě
孤舟蓑笠翁，独钓寒江雪。

寻隐者不遇

（唐）贾 岛

sōng xià wèn tóng zǐ　yán shī cǎi yào qù
松下问童子，言师采药去。

zhǐ zài cǐ shān zhōng　yún shēn bù zhī chù
只在此山中，云深不知处。

山 行

（唐）杜 牧

yuǎn shàng hán shān shí jìng xiá
远上寒山石径斜，

bái yún shēng chù yǒu rén jiā
白云生处有人家。

tíng chē zuò ài fēng lín wǎn
停车坐爱枫林晚，

shuāng yè hóng yú èr yuè huā
霜叶红于二月花。

清　明

（唐）杜　牧

qīng míng shí jié yǔ fēn fēn
清明时节雨纷纷，

lù shàng xíng rén yù duàn hún
路上行人欲断魂。

jiè wèn jiǔ jiā hé chù yǒu
借问酒家何处有，

mù tóng yáo zhǐ xìng huā cūn
牧童遥指杏花村。

江南春

（唐）杜　牧

qiān lǐ yīng tí lǜ yìng hóng
千里莺啼绿映红，

shuǐ cūn shān guō jiǔ qí fēng
水村山郭酒旗风。

nán cháo sì bǎi bā shí sì
南朝四百八十寺，

duō shǎo lóu tái yān yǔ zhōng
多少楼台烟雨中。

乐游原

（唐）李商隐

xiàng wǎn yì bù shì　qū chē dēng gǔ yuán
向晚意不适，驱车登古原。

xī yáng wú xiàn hǎo　zhǐ shì jìn huáng hūn
夕阳无限好，只是近黄昏。

蜂

（唐）罗　隐

bù lùn píng dì yǔ shān jiān
不论平地与山尖，

wú xiàn fēng guāng jìn bèi zhàn
无限风光尽被占。

cǎi dé bǎi huā chéng mì hòu
采得百花成蜜后，

wèi shéi xīn kǔ wèi shéi tián
为谁辛苦为谁甜？

江上渔者

（宋）范仲淹

jiāng shàng wǎng lái rén，dàn ài lú yú měi。
江上往来人，但爱鲈鱼美。
jūn kàn yī yè zhōu，chū mò fēng bō lǐ。
君看一叶舟，出没风波里。

元日

（宋）王安石

bào zhú shēng zhōng yī suì chú，
爆竹声中一岁除，
chūn fēng sòng nuǎn rù tú sū。
春风送暖入屠苏。
qiān mén wàn hù tóng tóng rì，
千门万户曈曈日，
zǒng bǎ xīn táo huàn jiù fú。
总把新桃换旧符。

泊船瓜洲

（宋）王安石

jīng kǒu guā zhōu yī shuǐ jiān
京口瓜洲一水间，

zhōng shān zhǐ gé shù chóng shān
钟山只隔数重山。

chūn fēng yòu lǜ jiāng nán àn
春风又绿江南岸，

míng yuè hé shí zhào wǒ huán
明月何时照我还。

书湖阴先生壁

（宋）王安石

máo yán cháng sǎo jìng wú tái
茅檐长扫净无苔，

huā mù chéng qí shǒu zì zāi
花木成畦手自栽。

yī shuǐ hù tián jiāng lǜ rào
一水护田将绿绕，

liǎng shān pái tà sòng qīng lái
两山排闼送青来。

六月二十七日望湖楼醉书

（宋）苏　轼

hēi yún fān mò wèi zhē shān
黑云翻墨未遮山，

bái yǔ tiào zhū luàn rù chuán
白雨跳珠乱入船。

juǎn dì fēng lái hū chuī sàn
卷地风来忽吹散，

wàng hú lóu xià shuǐ rú tiān
望湖楼下水如天。

饮湖上初晴后雨

（宋）苏　轼

shuǐ guāng liàn yàn qíng fāng hǎo
水光潋滟晴方好，

shān sè kōng méng yǔ yì qí
山色空蒙雨亦奇。

yù bǎ xī hú bǐ xī zǐ
欲把西湖比西子，

dàn zhuāng nóng mǒ zǒng xiāng yí
淡妆浓抹总相宜。

惠崇春江晚景

（宋）苏　轼

zhú　wài　táo　huā　sān　liǎng　zhī
竹外桃花三两枝，

chūn　jiāng　shuǐ　nuǎn　yā　xiān　zhī
春江水暖鸭先知。

lóu　hāo　mǎn　dì　lú　yá　duǎn
蒌蒿满地芦芽短，

zhèng　shì　hé　tún　yù　shàng　shí
正是河豚欲上时。

题西林壁

（宋）苏　轼

héng kàn chéng lǐng cè chéng fēng
横看成岭侧成峰，

yuǎn jìn gāo dī gè bù tóng
远近高低各不同。

bù shí lú shān zhēn miàn mù
不识庐山真面目，

zhǐ yuán shēn zài cǐ shān zhōng
只缘身在此山中。

夏日绝句

（宋）李清照

shēng dāng zuò rén jié, sǐ yì wéi guǐ xióng
生当作人杰，死亦为鬼雄。

zhì jīn sī xiàng yǔ, bù kěn guò jiāng dōng
至今思项羽，不肯过江东。

示 儿

（宋）陆 游

sǐ qù yuán zhī wàn shì kōng
死去元知万事空，

dàn bēi bù jiàn jiǔ zhōu tóng
但悲不见九州同。

wáng shī běi dìng zhōng yuán rì
王师北定中原日，

jiā jì wú wàng gào nǎi wēng
家祭无忘告乃翁。

秋夜将晓出篱门迎凉有感

（宋）陆　游

sān wàn lǐ hé dōng rù hǎi
三万里河东入海，
wǔ qiān rèn yuè shàng mó tiān
五千仞岳上摩天。
yí mín lèi jìn hú chén lǐ
遗民泪尽胡尘里，
nán wàng wáng shī yòu yī nián
南望王师又一年。

四时田园杂兴（其一）

（宋）范成大

zhòu chū yún tián yè jì má
昼出耘田夜绩麻，

cūn zhuāng ér nǚ gè dāng jiā
村庄儿女各当家。

tóng sūn wèi jiě gòng gēng zhī
童孙未解供耕织，

yě bàng sāng yīn xué zhòng guā
也傍桑阴学种瓜。

四时田园杂兴（其二）

（宋）范成大

méi zǐ jīn huáng xìng zǐ féi
梅子金黄杏子肥，

mài huā xuě bái cài huā xī
麦花雪白菜花稀。

rì cháng lí luò wú rén guò
日长篱落无人过，

wéi yǒu qīng tíng jiá dié fēi
唯有蜻蜓蛱蝶飞。

小　池

（宋）杨万里

quán yǎn wú shēng xī xì liú
泉眼无声惜细流，

shù yīn zhào shuǐ ài qíng róu
树阴照水爱晴柔。

xiǎo hé cái lù jiān jiān jiǎo
小荷才露尖尖角，

zǎo yǒu qīng tíng lì shàng tóu
早有蜻蜓立上头。

晓出净慈寺送林子方

（宋）杨万里

bì jìng xī hú liù yuè zhōng
毕竟西湖六月中，

fēng guāng bù yǔ sì shí tóng
风光不与四时同。

jiē tiān lián yè wú qióng bì
接天莲叶无穷碧，

yìng rì hé huā bié yàng hóng
映日荷花别样红。

春 日

（宋）朱 熹

shèng rì xún fāng sì shuǐ bīn
胜日寻芳泗水滨，

wú biān guāng jǐng yī shí xīn
无边光景一时新。

děng xián shí dé dōng fēng miàn
等闲识得东风面，

wàn zǐ qiān hóng zǒng shì chūn
万紫千红总是春。

观书有感

（宋）朱　熹

bàn mǔ fāng táng yī jiàn kāi
半亩方塘一鉴开，

tiān guāng yún yǐng gòng pái huái
天光云影共徘徊。

wèn qú nǎ dé qīng rú xǔ
问渠那得清如许，

wèi yǒu yuán tóu huó shuǐ lái
为有源头活水来。

题临安邸

（宋）林　升

shān wài qīng shān lóu wài lóu
山外青山楼外楼，

xī hú gē wǔ jǐ shí xiū
西湖歌舞几时休？

nuǎn fēng xūn dé yóu rén zuì
暖风熏得游人醉，

zhí bǎ háng zhōu zuò biàn zhōu
直把杭州作汴州。

游园不值

（宋）叶绍翁

yīng lián jī chǐ yìn cāng tái
应怜屐齿印苍苔，

xiǎo kòu chái fēi jiǔ bù kāi
小扣柴扉久不开。

chūn sè mǎn yuán guān bù zhù
春色满园关不住，

yī zhī hóng xìng chū qiáng lái
一枝红杏出墙来。

乡村四月

（宋）翁　卷

lǜ biàn shān yuán bái mǎn chuān
绿遍山原白满川，

zǐ guī shēng lǐ yǔ rú yān
子规声里雨如烟。

xiāng cūn sì yuè xián rén shǎo
乡村四月闲人少，

cái liǎo cán sāng yòu chā tián
才了蚕桑又插田。

墨梅

（元）王 冕

wú jiā xǐ yàn chí tóu shù
吾家洗砚池头树，

gè gè huā kāi dàn mò hén
个个花开淡墨痕。

bù yào rén kuā yán sè hǎo
不要人夸颜色好，

zhǐ liú qīng qì mǎn qián kūn
只留清气满乾坤。

石灰吟

（明）于 谦

qiān chuí wàn záo chū shēn shān
千锤万凿出深山，

liè huǒ fén shāo ruò děng xián
烈火焚烧若等闲。

fěn shēn suì gǔ hún bù pà
粉身碎骨浑不怕，

yào liú qīng bái zài rén jiān
要留清白在人间。

竹石

（清）郑　燮

yǎo dìng qīng shān bù fàng sōng
咬定青山不放松，

lì gēn yuán zài pò yán zhōng
立根原在破岩中。

qiān mó wàn jī hái jiān jìng
千磨万击还坚劲，

rèn ěr dōng xī nán běi fēng
任尔东西南北风。

所见

（清）袁 枚

mù tóng qí huáng niú gē shēng zhèn lín yuè
牧童骑黄牛，歌声振林樾。

yì yù bǔ míng chán hū rán bì kǒu lì
意欲捕鸣蝉，忽然闭口立。

村居

（清）高 鼎

cǎo zhǎng yīng fēi èr yuè tiān
草长莺飞二月天，

fú dī yáng liǔ zuì chūn yān
拂堤杨柳醉春烟。

ér tóng sàn xué guī lái zǎo
儿童散学归来早，

máng chèn dōng fēng fàng zhǐ yuān
忙趁东风放纸鸢。

己亥杂诗

（清）龚自珍

jiǔ zhōu shēng qì shì fēng léi
九州生气恃风雷，

wàn mǎ qí yīn jiū kě āi
万马齐喑究可哀。

wǒ quàn tiān gōng chóng dǒu sǒu
我劝天公重抖擞，

bù jū yī gé jiàng rén cái
不拘一格降人才。

十一　初中诗词

十五从军征

汉乐府

shí wǔ cóng jūn zhēng，bā shí shǐ dé guī。
十五从军征，八十始得归。

dào féng xiāng lǐ rén，jiā zhōng yǒu ā shéi？
道逢乡里人，家中有阿谁？

yáo wàng shì jūn jiā，sōng bǎi zhǒng léi léi。
遥望是君家，松柏冢累累。

tù cóng gǒu dòu rù，zhì cóng liáng shàng fēi，
兔从狗窦入，雉从梁上飞，

zhōng tíng shēng lǚ gǔ，jǐng shàng shēng lǚ kuí。
中庭生旅谷，井上生旅葵。

chōng gǔ chí zuò fàn, cǎi kuí chí zuò gēng
舂谷持作饭，采葵持作羹。

gēng fàn yī shí shú, bù zhī yí ā shéi
羹饭一时熟，不知贻阿谁。

chū mén dōng xiàng kàn, lèi luò zhān wǒ yī
出门东向看，泪落沾我衣。

观沧海

（三国）曹　操

dōng lín jié shí　yǐ guān cāng hǎi
东临碣石，以观沧海。

shuǐ hé dàn dàn　shān dǎo sǒng zhì
水何澹澹，山岛竦峙。

shù mù cóng shēng　bǎi cǎo fēng mào
树木丛生，百草丰茂。

qiū fēng xiāo sè　hóng bō yǒng qǐ
秋风萧瑟，洪波涌起。

rì yuè zhī xíng　ruò chū qí zhōng
日月之行，若出其中；

xīng hàn càn làn　ruò chū qí lǐ
星汉灿烂，若出其里。

xìng shèn zhì zāi　gē yǐ yǒng zhì
幸甚至哉，歌以咏志。

木兰诗

北朝民歌

jī jī fù jī jī　mù lán dāng hù zhī
唧唧复唧唧，木兰当户织，
bù wén jī zhù shēng　wéi wén nǚ tàn xī
不闻机杼声，惟闻女叹息。
wèn nǚ hé suǒ sī　wèn nǚ hé suǒ yì
问女何所思，问女何所忆？
nǚ yì wú suǒ sī　nǚ yì wú suǒ yì
女亦无所思，女亦无所忆。
zuó yè jiàn jūn tiē　kè hán dà diǎn bīng
昨夜见军帖，可汗大点兵，
jūn shū shí èr juàn　juàn juàn yǒu yé míng
军书十二卷，卷卷有爷名。
ā yé wú dà ér　mù lán wú zhǎng xiōng
阿爷无大儿，木兰无长兄，

yuàn wèi shì ān mǎ cóng cǐ tì yé zhēng
愿为市鞍马，从此替爷征。

dōng shì mǎi jùn mǎ xī shì mǎi ān jiān
东市买骏马，西市买鞍鞯，

nán shì mǎi pèi tóu běi shì mǎi cháng biān
南市买辔头，北市买长鞭。

dàn cí yé niáng qù mù sù huáng hé biān
旦辞爷娘去，暮宿黄河边，

bù wén yé niáng huàn nǚ shēng
不闻爷娘唤女声，

dàn wén huáng hé liú shuǐ míng jiān jiān
但闻黄河流水鸣溅溅。

dàn cí huáng hé qù mù zhì hēi shān tóu
旦辞黄河去，暮至黑山头，

bù wén yé niáng huàn nǚ shēng
不闻爷娘唤女声，

dàn wén yān shān hú jì míng jiū jiū
但闻燕山胡骑鸣啾啾。

wàn lǐ fù róng jī guān shān dù ruò fēi
万里赴戎机，关山度若飞。

shuò qì chuán jīn tuò hán guāng zhào tiě yī
朔气传金柝，寒光照铁衣。

jiāng jūn bǎi zhàn sǐ zhuàng shì shí nián guī
将军百战死，壮士十年归。

guī lái jiàn tiān zǐ tiān zǐ zuò míng táng
归来见天子，天子坐明堂。

cè xūn shí èr zhuǎn shǎng cì bǎi qiān qiáng
策勋十二转，赏赐百千强。

kè hán wèn suǒ yù mù lán bù yòng shàng shū láng
可汗问所欲，木兰不用尚书郎，

yuàn chí qiān lǐ zú sòng ér huán gù xiāng
愿驰千里足，送儿还故乡。

yé niáng wén nǚ lái chū guō xiāng fú jiāng
爷娘闻女来，出郭相扶将；

ā zǐ wén mèi lái dāng hù lǐ hóng zhuāng
阿姊闻妹来，当户理红妆；

xiǎo dì wén zǐ lái mó dāo huò huò xiàng zhū yáng
小弟闻姊来，磨刀霍霍向猪羊。

kāi wǒ dōng gé mén zuò wǒ xī gé chuáng
开我东阁门，坐我西阁床，

tuō wǒ zhàn shí páo zhuó wǒ jiù shí cháng
脱我战时袍，著我旧时裳，

dāng chuāng lǐ yún bìn duì jìng tiē huā huáng
当窗理云鬓，对镜帖花黄。

chū mén kàn huǒ bàn huǒ bàn jiē jīng máng
出门看火伴，火伴皆惊忙：

tóng xíng shí èr nián bù zhī mù lán shì nǚ láng
同行十二年，不知木兰是女郎。

xióng tù jiǎo pū shuò cí tù yǎn mí lí
雄兔脚扑朔，雌兔眼迷离；

shuāng tù bàng dì zǒu ān néng biàn wǒ shì xióng cí
双兔傍地走，安能辨我是雄雌？

饮酒

（晋）陶渊明

jié lú zài rén jìng ér wú chē mǎ xuān
结庐在人境，而无车马喧。

wèn jūn hé néng ěr xīn yuǎn dì zì piān
问君何能尔？心远地自偏。

cǎi jú dōng lí xià yōu rán xiàn nán shān
采菊东篱下，悠然见南山。

shān qì rì xī jiā fēi niǎo xiāng yǔ huán
山气日夕佳，飞鸟相与还。

cǐ zhōng yǒu zhēn yì yù biàn yǐ wàng yán
此中有真意，欲辨已忘言。

送杜少府之任蜀州

（唐）王　勃

chéng què fǔ sān qín　fēng yān wàng wǔ jīn
城阙辅三秦，风烟望五津。

yǔ jūn lí bié yì　tóng shì huàn yóu rén
与君离别意，同是宦游人。

hǎi nèi cún zhī jǐ　tiān yá ruò bǐ lín
海内存知己，天涯若比邻。

wú wéi zài qí lù　ér nǚ gòng zhān jīn
无为在歧路，儿女共沾巾。

登幽州台歌

（唐）陈子昂

qián bù jiàn gǔ rén　hòu bù jiàn lái zhě
前不见古人，后不见来者。

niàn tiān dì zhī yōu yōu　dú chuàng rán ér tì xià
念天地之悠悠，独怆然而涕下！

次北固山下

（唐）王　湾

kè lù qīng shān wài　xíng zhōu lǜ shuǐ qián
客路青山外，行舟绿水前。

cháo píng liǎng àn kuò　fēng zhèng yī fān xuán
潮平两岸阔，风正一帆悬。

hǎi rì shēng cán yè　jiāng chūn rù jiù nián
海日生残夜，江春入旧年。

xiāng shū hé chù dá　guī yàn luò yáng biān
乡书何处达？归雁洛阳边。

使至塞上

（唐）王　维

dān chē yù wèn biān　shǔ guó guò jū yán
单车欲问边，属国过居延。

zhēng péng chū hàn sài　guī yàn rù hú tiān
征蓬出汉塞，归雁入胡天。

dà mò gū yān zhí　cháng hé luò rì yuán
大漠孤烟直，长河落日圆。

xiāo guān féng hòu jì　dū hù zài yān rán
萧关逢候骑，都护在燕然。

闻王昌龄左迁龙标遥有此寄

（唐）李 白

yáng huā luò jìn zǐ guī tí
杨花落尽子规啼，

wén dào lóng biāo guò wǔ xī
闻道龙标过五溪。

wǒ jì chóu xīn yǔ míng yuè
我寄愁心与明月，

suí jūn zhí dào yè láng xī
随君直到夜郎西。

春望

（唐）杜　甫

guó pò shān hé zài　chéng chūn cǎo mù shēn
国破山河在，城春草木深。

gǎn shí huā jiàn lèi　hèn bié niǎo jīng xīn
感时花溅泪，恨别鸟惊心。

fēng huǒ lián sān yuè　jiā shū dǐ wàn jīn
烽火连三月，家书抵万金。

bái tóu sāo gèng duǎn　hún yù bù shèng zān
白头搔更短，浑欲不胜簪。

黄鹤楼

（唐）崔　颢

xī rén yǐ chéng huáng hè qù
昔人已乘黄鹤去，
cǐ dì kòng yú huáng hè lóu
此地空余黄鹤楼。
huáng hè yī qù bù fù fǎn
黄鹤一去不复返，
bái yún qiān zǎi kōng yōu yōu
白云千载空悠悠。
qíng chuān lì lì hàn yáng shù
晴川历历汉阳树，
fāng cǎo qī qī yīng wǔ zhōu
芳草萋萋鹦鹉洲。
rì mù xiāng guān hé chù shì
日暮乡关何处是？
yān bō jiāng shàng shǐ rén chóu
烟波江上使人愁。

望 岳

（唐）杜 甫

dài zōng fú rú hé qí lǔ qīng wèi liǎo
岱宗夫如何？齐鲁青未了。

zào huà zhōng shén xiù yīn yáng gē hūn xiǎo
造化钟神秀，阴阳割昏晓。

dàng xiōng shēng céng yún jué zì rù guī niǎo
荡胸生曾云，决眦入归鸟。

huì dāng líng jué dǐng yī lǎn zhòng shān xiǎo
会当凌绝顶，一览众山小。

行路难

（唐）李　白

jīn zūn qīng jiǔ dòu shí qiān
金樽清酒斗十千，
yù pán zhēn xiū zhí wàn qián
玉盘珍羞直万钱。
tíng bēi tóu zhù bù néng shí
停杯投箸不能食，
bá jiàn sì gù xīn máng rán
拔剑四顾心茫然。
yù dù huáng hé bīng sè chuān
欲渡黄河冰塞川，
jiāng dēng tài háng xuě mǎn shān
将登太行雪满山。
xián lái chuí diào bì xī shàng
闲来垂钓碧溪上，
hū fù chéng zhōu mèng rì biān
忽复乘舟梦日边。

xíng lù nán　xíng lù nán
行路难！行路难！
duō qí lù　jīn ān zài
多歧路，今安在？
cháng fēng pò làng huì yǒu shí
长风破浪会有时，
zhí guà yún fān jì cāng hǎi
直挂云帆济沧海。

茅屋为秋风所破歌

（唐）杜 甫

bā yuè qiū gāo fēng nù háo
八月秋高风怒号，
juàn wǒ wū shàng sān chóng máo
卷我屋上三重茅。
máo fēi dù jiāng sǎ jiāng jiāo
茅飞渡江洒江郊，
gāo zhě guà juàn cháng lín shāo
高者挂罥长林梢，
xià zhě piāo zhuǎn chén táng ào
下者飘转沉塘坳。
nán cūn qún tóng qī wǒ lǎo wú lì
南村群童欺我老无力，
rěn néng duì miàn wéi dào zéi
忍能对面为盗贼。
gōng rán bào máo rù zhú qù
公然抱茅入竹去，

chún jiāo kǒu zào hū bù dé
唇焦口燥呼不得，

guī lái yǐ zhàng zì tàn xī
归来倚杖自叹息。

é qǐng fēng dìng yún mò sè
俄顷风定云墨色，

qiū tiān mò mò xiàng hūn hè
秋天漠漠向昏黑。

bù qīn duō nián lěng sì tiě
布衾多年冷似铁，

jiāo ér è wò tà lǐ liè
娇儿恶卧踏里裂。

chuáng tóu wū lòu wú gān chù
床头屋漏无干处，

yǔ jiǎo rú má wèi duàn jué
雨脚如麻未断绝。

zì jīng sāng luàn shǎo shuì mián
自经丧乱少睡眠，

cháng yè zhān shī hé yóu chè
长夜沾湿何由彻！

ān dé guǎng shà qiān wàn jiān
安得广厦千万间，

dà bì tiān xià hán shì jù huān yán
大庇天下寒士俱欢颜！

fēng yǔ bù dòng ān rú shān
风雨不动安如山。

wū hū hé shí yǎn qián tū wù xiàn cǐ wū
呜呼！何时眼前突兀见此屋，

wú lú dú pò shòu dòng sǐ yì zú
吾庐独破受冻死亦足！

白雪歌送武判官归京

（唐）岑　参

běi fēng juǎn dì bái cǎo zhé
北风卷地白草折，

hú tiān bā yuè jí fēi xuě
胡天八月即飞雪。

hū rú yī yè chūn fēng lái
忽如一夜春风来，

qiān shù wàn shù lí huā kāi
千树万树梨花开。

sàn rù zhū lián shī luó mù
散入珠帘湿罗幕，

hú qiú bù nuǎn jǐn qīn bó
狐裘不暖锦衾薄。

jiāng jūn jiǎo gōng bù dé kòng
将军角弓不得控，

dū hù tiě yī lěng nán zhuó
都护铁衣冷难着。

hàn hǎi lán gān bǎi zhàng bīng
瀚海阑干百丈冰，

chóu yún cǎn dàn wàn lǐ níng
愁云惨淡万里凝。

zhōng jūn zhì jiǔ yǐn guī kè
中军置酒饮归客，

hú qin pí pá yǔ qiāng dí
胡琴琵琶与羌笛。

fēn fēn mù xuě xià yuán mén
纷纷暮雪下辕门，

fēng chè hóng qí dòng bù fān
风掣红旗冻不翻。

lún tái dōng mén sòng jūn qù
轮台东门送君去，

qù shí xuě mǎn tiān shān lù
去时雪满天山路。

shān huí lù zhuǎn bù jiàn jūn
山回路转不见君，

xuě shàng kōng liú mǎ xíng chù
雪上空留马行处。

酬乐天扬州初逢席上见赠

（唐）刘禹锡

bā shān chǔ shuǐ qī liáng dì
巴山楚水凄凉地，

èr shí sān nián qì zhì shēn
二十三年弃置身。

huái jiù kōng yín wén dí fù
怀旧空吟闻笛赋，

dào xiāng fān sì làn kē rén
到乡翻似烂柯人。

chén zhōu cè pàn qiān fān guò
沉舟侧畔千帆过，

bìng shù qián tóu wàn mù chūn
病树前头万木春。

jīn rì tīng jūn gē yī qǔ
今日听君歌一曲，

zàn píng bēi jiǔ zhǎng jīng shén
暂凭杯酒长精神。

卖炭翁

（唐）白居易

mài tàn wēng fá xīn shāo tàn nán shān zhōng
卖炭翁，伐薪烧炭南山中。

mǎn miàn chén huī yān huǒ sè
满面尘灰烟火色，

liǎng bìn cāng cāng shí zhǐ hēi
两鬓苍苍十指黑。

mài tàn dé qián hé suǒ yíng
卖炭得钱何所营？

shēn shàng yī shang kǒu zhōng shí
身上衣裳口中食。

kě lián shēn shàng yī zhèng dān
可怜身上衣正单，

xīn yōu tàn jiàn yuàn tiān hán
心忧炭贱愿天寒。

yè lái chéng wài yī chǐ xuě
夜来城外一尺雪，

xiǎo jià tàn chē niǎn bīng zhé
晓驾炭车辗冰辙。

niú kùn rén jī rì yǐ gāo
牛困人饥日已高，

shì nán mén wài ní zhōng xiē
市南门外泥中歇。

piān piān liǎng jì lái shì shéi
翩翩两骑来是谁？

huáng yī shǐ zhě bái shān ér
黄衣使者白衫儿。

shǒu bǎ wén shū kǒu chēng chì
手把文书口称敕，

huí chē chì niú qiān xiàng běi
回车叱牛牵向北。

yī chē tàn qiān yú jīn
一车炭，千余斤，

gōng shǐ qū jiāng xī bù dé
宫使驱将惜不得。

bàn pǐ hóng xiāo yī zhàng líng
半匹红绡一丈绫，

jì xiàng niú tóu chōng tàn zhí
系向牛头充炭直。

钱塘湖春行

（唐）白居易

gū shān sì běi jiǎ tíng xī
孤山寺北贾亭西，

shuǐ miàn chū píng yún jiǎo dī
水面初平云脚低。

jǐ chù zǎo yīng zhēng nuǎn shù
几处早莺争暖树，

shéi jiā xīn yàn zhuó chūn ní
谁家新燕啄春泥。

luàn huā jiàn yù mí rén yǎn
乱花渐欲迷人眼，

qiǎn cǎo cái néng mò mǎ tí
浅草才能没马蹄。

zuì ài hú dōng xíng bù zú
最爱湖东行不足，

lǜ yáng yīn lǐ bái shā dī
绿杨阴里白沙堤。

雁门太守行

（唐）李　贺

hēi yún yā chéng chéng yù cuī
黑云压城城欲摧，

jiǎ guāng xiàng rì jīn lín kāi
甲光向日金鳞开。

jiǎo shēng mǎn tiān qiū sè lǐ
角声满天秋色里，

sāi shàng yàn zhī níng yè zǐ
塞上燕脂凝夜紫。

bàn juǎn hóng qí lín yì shuǐ
半卷红旗临易水，

shuāng zhòng gǔ hán shēng bù qǐ
霜重鼓寒声不起。

bào jūn huáng jīn tái shàng yì
报君黄金台上意，

tí xié yù lóng wèi jūn sǐ
提携玉龙为君死。

赤　壁

（唐）杜　牧

zhé jǐ chén shā tiě wèi xiāo
折戟沉沙铁未销，
zì jiāng mó xǐ rèn qián cháo
自将磨洗认前朝。
dōng fēng bù yǔ zhōu láng biàn
东风不与周郎便，
tóng què chūn shēn suǒ èr qiáo
铜雀春深锁二乔。

泊秦淮

（唐）杜　牧

yān lǒng hán shuǐ yuè lǒng shā
烟笼寒水月笼沙，

yè bó qín huái jìn jiǔ jiā
夜泊秦淮近酒家。

shāng nǚ bù zhī wáng guó hèn
商女不知亡国恨，

gé jiāng yóu chàng hòu tíng huā
隔江犹唱后庭花。

夜雨寄北

（唐）李商隐

jūn wèn guī qī wèi yǒu qī
君问归期未有期，

bā shān yè yǔ zhǎng qiū chí
巴山夜雨涨秋池。

hé dāng gòng jiǎn xī chuāng zhú
何当共剪西窗烛，

què huà bā shān yè yǔ shí
却话巴山夜雨时。

无 题

（唐）李商隐

xiāng jiàn shí nán bié yì nán
相见时难别亦难，

dōng fēng wú lì bǎi huā cán
东风无力百花残。

chūn cán dào sǐ sī fāng jìn
春蚕到死丝方尽，

là jù chéng huī lèi shǐ gān
蜡炬成灰泪始干。

xiǎo jìng dàn chóu yún bìn gǎi
晓镜但愁云鬓改，

yè yín yìng jué yuè guāng hán
夜吟应觉月光寒。

péng shān cǐ qù wú duō lù
蓬山此去无多路，

qīng niǎo yīn qín wèi tàn kàn
青鸟殷勤为探看。

相见欢

（南唐）李　煜

wú yán dú shàng xī lóu，yuè rú gōu。
无言独上西楼，月如钩。

jì mò wú tóng shēn yuàn suǒ qīng qiū。
寂寞梧桐深院锁清秋。

jiǎn bù duàn，lǐ hái luàn，shì lí chóu，
剪不断，理还乱，是离愁，

bié shì yī fān zī wèi zài xīn tóu。
别是一番滋味在心头。

渔家傲·秋思

（宋）范仲淹

sāi xià qiū lái fēng jǐng yì
塞下秋来风景异，

héng yáng yàn qù wú liú yì
衡阳雁去无留意。

sì miàn biān shēng lián jiǎo qǐ
四面边声连角起，

qiān zhàng lǐ cháng yān luò rì gū chéng bì
千嶂里，长烟落日孤城闭。

zhuó jiǔ yī bēi jiā wàn lǐ
浊酒一杯家万里，

yān rán wèi lè guī wú jì
燕然未勒归无计。

qiāng guǎn yōu yōu shuāng mǎn dì
羌管悠悠霜满地，

rén bù mèi jiāng jūn bái fà zhēng fū lèi
人不寐，将军白发征夫泪。

浣溪沙

（宋）晏　殊

yī qǔ xīn cí jiǔ yī bēi
一曲新词酒一杯，

qù nián tiān qì jiù tíng tái
去年天气旧亭台。

xī yáng xī xià jǐ shí huí
夕阳西下几时回？

wú kě nài hé huā luò qù
无可奈何花落去，

sì céng xiāng shí yàn guī lái
似曾相识燕归来。

xiǎo yuán xiāng jìng dú pái huái
小园香径独徘徊。

登飞来峰

（宋）王安石

fēi lái shān shàng qiān xún tǎ
飞来山上千寻塔，

wén shuō jī míng jiàn rì shēng
闻说鸡鸣见日升。

bù wèi fú yún zhē wàng yǎn
不畏浮云遮望眼，

zì yuán shēn zài zuì gāo céng
自缘身在最高层。

江城子·密州出猎

（宋）苏　轼

lǎo fū liáo fā shào nián kuáng， zuǒ qiān huáng，
老夫聊发少年狂，左牵黄，

yòu qíng cāng， jǐn mào diāo qiú， qiān jì juǎn píng
右擎苍，锦帽貂裘，千骑卷平

gāng。 wèi bào qīng chéng suí tài shǒu， qīn shè hǔ，
冈。为报倾城随太守，亲射虎，

kàn sūn láng。
看孙郎。

jiǔ hān xiōng dǎn shàng kāi zhāng。 bìn wēi shuāng，
酒酣胸胆尚开张。鬓微霜，

yòu hé fáng！ chí jié yún zhōng， hé rì qiǎn féng
又何妨！持节云中，何日遣冯

táng？ huì wǎn diāo gōng rú mǎn yuè， xī běi wàng，
唐？会挽雕弓如满月，西北望，

shè tiān láng。
射天狼。

水调歌头

（宋）苏　轼

bǐng chén zhōng qiū，huān yǐn dá dàn，dà zuì，zuò cǐ piān，jiān huái zǐ yóu。
丙辰中秋，欢饮达旦，大醉，作此篇，兼怀子由。

míng yuè jǐ shí yǒu？bǎ jiǔ wèn qīng tiān。
明月几时有？把酒问青天。
bù zhī tiān shàng gōng què，jīn xī shì hé nián。
不知天上宫阙，今夕是何年。
wǒ yù chéng fēng guī qù，yòu kǒng qióng lóu yù yǔ，gāo chù bù shèng hán。
我欲乘风归去，又恐琼楼玉宇，高处不胜寒。
qǐ wǔ nòng qīng yǐng，hé sì zài rén jiān。
起舞弄清影，何似在人间。

zhuǎn zhū gé，dī qǐ hù，zhào wú mián。
转朱阁，低绮户，照无眠。

bù yīng yǒu hèn hé shì cháng xiàng bié shí yuán rén

不应有恨，何事长向别时圆？人

yǒu bēi huān lí hé yuè yǒu yīn qíng yuán quē cǐ

有悲欢离合，月有阴晴圆缺，此

shì gǔ nán quán dàn yuàn rén cháng jiǔ qiān lǐ gòng

事古难全。但愿人长久，千里共

chán juān

婵娟。

渔家傲

（宋）李清照

tiān jiē yún tāo lián xiǎo wù xīng hé yù zhuǎn
天接云涛连晓雾，星河欲转

qiān fān wǔ fǎng fú mèng hún guī dì suǒ wén tiān
千帆舞。仿佛梦魂归帝所，闻天

yǔ yīn qín wèn wǒ guī hé chù
语，殷勤问我归何处。

wǒ bào lù cháng jiē rì mù xué shī màn yǒu
我报路长嗟日暮，学诗谩有

jīng rén jù jiǔ wàn lǐ fēng péng zhèng jǔ fēng xiū
惊人句。九万里风鹏正举，风休

zhù péng zhōu chuī qǔ sān shān qù
住，蓬舟吹取三山去！

游山西村

（宋）陆　游

mò xiào nóng jiā là jiǔ hún
莫笑农家腊酒浑，

fēng nián liú kè zú jī tún
丰年留客足鸡豚。

shān chóng shuǐ fù yí wú lù
山重水复疑无路，

liǔ àn huā míng yòu yī cūn
柳暗花明又一村。

xiāo gǔ zhuī suí chūn shè jìn
箫鼓追随春社近，

yī guān jiǎn pǔ gǔ fēng cún
衣冠简朴古风存。

cóng jīn ruò xǔ xián chéng yuè
从今若许闲乘月，

zhǔ zhàng wú shí yè kòu mén
拄杖无时夜叩门。

南乡子·登京口北固亭有怀

（宋）辛弃疾

hé chù wàng shén zhōu mǎn yǎn fēng guāng běi gù
何处望神州？满眼风光北固

lóu qiān gǔ xīng wáng duō shǎo shì yōu yōu bù
楼。千古兴亡多少事？悠悠。不

jìn cháng jiāng gǔn gǔn liú
尽长江滚滚流。

nián shào wàn dōu móu zuò duàn dōng nán zhàn wèi
年少万兜鍪，坐断东南战未

xiū tiān xià yīng xióng shéi dí shǒu cáo liú shēng
休。天下英雄谁敌手？曹刘。生

zǐ dāng rú sūn zhòng móu
子当如孙仲谋。

破阵子·为陈同甫赋壮词以寄之

（宋）辛弃疾

zuì lǐ tiǎo dēng kàn jiàn, mèng huí chuī jiǎo lián yíng.
醉里挑灯看剑，梦回吹角连营。
bā bǎi lǐ fēn huī xià zhì, wǔ shí xián fān sài wài shēng, shā chǎng qiū diǎn bīng.
八百里分麾下炙，五十弦翻塞外声，沙场秋点兵。

mǎ zuò dì lú fēi kuài, gōng rú pī lì xián jīng.
马作的卢飞快，弓如霹雳弦惊。
liǎo què jūn wáng tiān xià shì, yíng dé shēng qián shēn hòu míng. kě lián bái fà shēng!
了却君王天下事，赢得生前身后名。可怜白发生！

过零丁洋

（宋）文天祥

xīn kǔ zāo féng qǐ yī jīng
辛苦遭逢起一经，

gān gē liáo luò sì zhōu xīng
干戈寥落四周星。

shān hé pò suì fēng piāo xù
山河破碎风飘絮，

shēn shì fú chén yǔ dǎ píng
身世浮沉雨打萍。

huáng kǒng tān tóu shuō huáng kǒng
惶恐滩头说惶恐，

líng dīng yáng lǐ tàn líng dīng
零丁洋里叹零丁。

rén shēng zì gǔ shéi wú sǐ
人生自古谁无死？

liú qǔ dān xīn zhào hàn qīng
留取丹心照汗青。

天净沙·秋思

（元）马致远

kū téng lǎo shù hūn yā
枯藤老树昏鸦，

xiǎo qiáo liú shuǐ rén jiā
小桥流水人家，

gǔ dào xī fēng shòu mǎ
古道西风瘦马。

xī yáng xī xià
夕阳西下，

duàn cháng rén zài tiān yá
断肠人在天涯。

山坡羊·潼关怀古

（元）张养浩

fēng luán rú jù, bō tāo rú nù, shān hé
峰峦如聚，波涛如怒，山河

biǎo lǐ tóng guān lù. wàng xī dū, yì chóu chú.
表里潼关路。望西都，意踌躇。

shāng xīn qín hàn jīng xíng chù, gōng què wàn jiān dōu zuò
伤心秦汉经行处，宫阙万间都做

le tǔ. xīng, bǎi xìng kǔ; wáng, bǎi xìng kǔ.
了土。兴，百姓苦；亡，百姓苦。

满江红

（清）秋 瑾

xiǎo zhù jīng huá zǎo yòu shì zhōng qiū jiā
小住京华，早又是，中秋佳

jié wèi lí xià huáng huā kāi biàn qiū róng rú
节。为篱下，黄花开遍，秋容如

shì sì miàn gē cán zhōng pò chǔ bā nián fēng wèi
拭。四面歌残终破楚，八年风味

tú sī zhè kǔ jiāng nóng qiáng pài zuò é méi
徒思浙。苦将侬，强派作蛾眉，

shū wèi xiè
殊未屑！

shēn bù de nán ér liè xīn què bǐ
身不得，男儿列。心却比，

nán ér liè suàn píng shēng gān dǎn yīn rén cháng
男儿烈！算平生肝胆，因人常

rè sú zǐ xiōng jīn shéi shí wǒ yīng xióng mò lù
热。俗子胸襟谁识我？英雄末路

dāng mó zhé mǎng hóng chén hé chù mì zhī yīn
当磨折。莽红尘，何处觅知音？

qīng shān shī
青衫湿！

十二 高中诗词

采桑子·重阳

毛泽东

rén shēng yì lǎo tiān nán lǎo, suì suì chóng yáng.
人生易老天难老，岁岁重阳。

jīn yòu chóng yáng, zhàn dì huáng huā fèn wài xiāng.
今又重阳，战地黄花分外香。

yī nián yī dù qiū fēng jìn, bù sì chūn guāng.
一年一度秋风劲，不似春光。

shèng sì chūn guāng, liáo kuò jiāng tiān wàn lǐ shuāng.
胜似春光，寥廓江天万里霜。

沁园春·长沙

毛泽东

dú lì hán qiū xiāng jiāng běi qù jú zǐ
独立寒秋，湘江北去，橘子

zhōu tóu kàn wàn shān hóng biàn céng lín jìn rǎn
洲头。看万山红遍，层林尽染；

màn jiāng bì tòu bǎi gě zhēng liú yīng jī cháng
漫江碧透，百舸争流。鹰击长

kōng yú xiáng qiǎn dǐ wàn lèi shuāng tiān jìng zì
空，鱼翔浅底，万类霜天竞自

yóu chàng liáo kuò wèn cāng máng dà dì shéi zhǔ
由。怅寥廓，问苍茫大地，谁主

chén fú
沉浮？

xié lái bǎi lǚ céng yóu yì wǎng xī zhēng
携来百侣曾游，忆往昔峥

róng suì yuè chóu qià tóng xué shào nián fēng huá zhèng
嵘岁月稠。恰同学少年，风华正

mào shū shēng yì qì huī chì fāng qiú zhǐ diǎn
茂；书生意气，挥斥方遒。指点

jiāng shān jī yáng wén zì fèn tǔ dāng nián wàn hù
江山，激扬文字，粪土当年万户

hóu céng jì fǒu dào zhōng liú jī shuǐ làng è
侯。曾记否，到中流击水，浪遏

fēi zhōu
飞舟？

归园田居

（晋）陶渊明

shào wú shì sú yùn　xìng běn ài qiū shān
少无适俗韵，性本爱丘山。

wù luò chén wǎng zhōng　yī qù sān shí nián
误落尘网中，一去三十年。

jī niǎo liàn jiù lín　chí yú sī gù yuān
羁鸟恋旧林，池鱼思故渊。

kāi huāng nán yě jì　shǒu zhuō guī yuán tián
开荒南野际，守拙归园田。

fāng zhái shí yú mǔ　cǎo wū bā jiǔ jiān
方宅十余亩，草屋八九间。

yú liǔ yīn hòu yán　táo lǐ luó táng qián
榆柳荫后檐，桃李罗堂前。

ài ài yuǎn rén cūn　yī yī xū lǐ yān
暧暧远人村，依依墟里烟。

gǒu fèi shēn xiàng zhōng　jī míng sāng shù diān
狗吠深巷中，鸡鸣桑树颠。

hù tíng wú chén zá　xū shì yǒu yú xián
户庭无尘杂，虚室有余闲。

jiǔ zài fán lóng lǐ　fù dé fǎn zì rán
久在樊笼里，复得返自然。

短歌行

（魏）曹　操

duì jiǔ dāng gē　rén shēng jǐ hé
对酒当歌，人生几何？

pì rú zhāo lù　qù rì kǔ duō
譬如朝露，去日苦多。

kǎi dāng yǐ kāng　yōu sī nán wàng
慨当以慷，忧思难忘。

hé yǐ jiě yōu　wéi yǒu dù kāng
何以解忧？唯有杜康。

qīng qīng zǐ jīn　yōu yōu wǒ xīn
青青子衿，悠悠我心。

dàn wéi jūn gù　chén yín zhì jīn
但为君故，沉吟至今。

yōu yōu lù míng　shí yě zhī píng
呦呦鹿鸣，食野之苹。

wǒ yǒu jiā bīn，gǔ sè chuī shēng
我有嘉宾，鼓瑟吹笙。

míng míng rú yuè，hé shí kě duō
明明如月，何时可掇？
yōu cóng zhōng lái，bù kě duàn jué
忧从中来，不可断绝。
yuè mò dù qiān，wǎng yòng xiāng cún
越陌度阡，枉用相存。
qì kuò tán yàn，xīn niàn jiù ēn
契阔谈宴，心念旧恩。

yuè míng xīng xī，wū què nán fēi
月明星稀，乌鹊南飞。
rào shù sān zā，hé zhī kě yī
绕树三匝，何枝可依？
shān bù yàn gāo，hǎi bù yàn shēn
山不厌高，海不厌深。
zhōu gōng tǔ bǔ，tiān xià guī xīn
周公吐哺，天下归心。

蜀道难

（唐）李 白

yī xū xī wēi hū gāo zāi shǔ dào zhī
噫吁嚱，危乎高哉！蜀道之

nán nán yú shàng qīng tiān cán cóng jí yú fú
难，难于上青天！蚕丛及鱼凫，

kāi guó hé máng rán ěr lái sì wàn bā qiān suì
开国何茫然！尔来四万八千岁，

bù yǔ qín sài tōng rén yān xī dāng tài bái yǒu niǎo
不与秦塞通人烟。西当太白有鸟

dào kě yǐ héng jué é méi diān dì bēng shān cuī
道，可以横绝峨眉巅。地崩山摧

zhuàng shì sǐ rán hòu tiān tī shí zhàn xiāng gōu lián
壮士死，然后天梯石栈相钩连。

shàng yǒu liù lóng huí rì zhī gāo biāo xià yǒu chōng
上有六龙回日之高标，下有冲

bō nì zhé zhī huí chuān huáng hè zhī fēi shàng bù dé
波逆折之回川。黄鹤之飞尚不得

guò yuán náo yù dù chóu pān yuán qīng ní hé pán
过，猿猱欲度愁攀缘。青泥何盘
pán bǎi bù jiǔ zhé yíng yán luán mén shēn lì jǐng
盘，百步九折萦岩峦。扪参历井
yǎng xié xī yǐ shǒu fǔ yīng zuò cháng tàn
仰胁息，以手抚膺坐长叹。

wèn jūn xī yóu hé shí huán wèi tú chán yán
问君西游何时还？畏途巉岩
bù kě pān dàn jiàn bēi niǎo háo gǔ mù xióng fēi
不可攀。但见悲鸟号古木，雄飞
cí cóng rào lín jiān yòu wén zǐ guī tí yè yuè
雌从绕林间。又闻子规啼夜月，
chóu kōng shān shǔ dào zhī nán nán yú shàng qīng
愁空山。蜀道之难，难于上青
tiān shǐ rén tīng cǐ diāo zhū yán lián fēng qù tiān
天，使人听此凋朱颜！连峰去天
bù yíng chǐ kū sōng dào guà yǐ jué bì fēi tuān
不盈尺，枯松倒挂倚绝壁。飞湍
pù liú zhēng xuān huī pīng yá zhuàn shí wàn hè léi
瀑流争喧豗，砯崖转石万壑雷。

qí xiǎn yě rú cǐ， jiē ěr yuǎn dào zhī rén hú wéi
其险也如此，嗟尔远道之人胡为
hū lái zāi
乎来哉！

jiàn gé zhēng róng ér cuī wéi， yī fū dāng
剑阁峥嵘而崔嵬，一夫当
guān， wàn fū mò kāi。 suǒ shǒu huò fěi qīn， huà
关，万夫莫开。所守或匪亲，化
wéi láng yǔ chái。 zhāo bì měng hǔ， xī bì cháng
为狼与豺。朝避猛虎，夕避长
shé； mó yá shǔn xuè， shā rén rú má。 jǐn chéng
蛇；磨牙吮血，杀人如麻。锦城
suī yún lè， bù rú zǎo huán jiā。 shǔ dào zhī
虽云乐，不如早还家。蜀道之
nán， nán yú shàng qīng tiān， cè shēn xī wàng cháng
难，难于上青天，侧身西望长
zī jiē
咨嗟！

梦游天姥吟留别

（唐）李　白

hǎi kè tán yíng zhōu yān tāo wēi máng xìn nán
海客谈瀛洲，烟涛微茫信难

qiú yuè rén yǔ tiān mǔ yún xiá míng miè huò kě
求；越人语天姥，云霞明灭或可

dǔ tiān mǔ lián tiān xiàng tiān héng shì bá wǔ yuè
睹。天姥连天向天横，势拔五岳

yǎn chì chéng tiān tāi sì wàn bā qiān zhàng duì cǐ
掩赤城。天台四万八千丈，对此

yù dǎo dōng nán qīng wǒ yù yīn zhī mèng wú yuè
欲倒东南倾。我欲因之梦吴越，

yī yè fēi dù jìng hú yuè hú yuè zhào wǒ yǐng
一夜飞度镜湖月。湖月照我影，

sòng wǒ zhì shàn xī xiè gōng sù chù jīn shàng zài
送我至剡溪。谢公宿处今尚在，

lù shuǐ dàng yàng qīng yuán tí jiǎo zhuó xiè gōng jī
渌水荡漾清猿啼。脚著谢公屐，

shēn dēng qīng yún tī　bàn bì jiàn hǎi rì　kōng zhōng
身登青云梯。半壁见海日，空中

wén tiān jī　qiān yán wàn zhuǎn lù bù dìng　mí huā
闻天鸡。千岩万转路不定，迷花

yǐ shí hū yǐ míng　xióng páo lóng yín yǐn yán quán
倚石忽已暝。熊咆龙吟殷岩泉，

lì shēn lín xī jīng céng diān　yún qīng qīng xī yù
栗深林兮惊层巅。云青青兮欲

yǔ　shuǐ dàn dàn xī shēng yān　liè quē pī lì
雨，水澹澹兮生烟。列缺霹雳，

qiū luán bēng cuī　dòng tiān shí fēi　hōng rán zhōng
丘峦崩摧。洞天石扉，訇然中

kāi　qīng míng hào dàng bù jiàn dǐ　rì yuè zhào yào
开。青冥浩荡不见底，日月照耀

jīn yín tái　ní wéi yī xī fēng wéi mǎ　yún zhī
金银台。霓为衣兮风为马，云之

jūn xī fēn fēn ér lái xià　hǔ gǔ sè xī luán huí
君兮纷纷而来下。虎鼓瑟兮鸾回

chē　xiān zhī rén xī liè rú má　hū hún jì yǐ
车，仙之人兮列如麻。忽魂悸以

pò dòng huǎng jīng qǐ ér cháng jiē wéi jué shí zhī
魄动，恍惊起而长嗟。惟觉时之
zhěn xí shī xiàng lái zhī yān xiá shì jiān xíng lè
枕席，失向来之烟霞。世间行乐
yì rú cǐ gǔ lái wàn shì dōng liú shuǐ bié jūn
亦如此，古来万事东流水。别君
qù xī hé shí huán qiě fàng bái lù qīng yá jiān
去兮何时还？且放白鹿青崖间。
xū xíng jí qí fǎng míng shān ān néng cuī méi zhé yāo
须行即骑访名山。安能摧眉折腰
shì quán guì shǐ wǒ bù dé kāi xīn yán
事权贵，使我不得开心颜？

将进酒

（唐）李　白

jūn bù jiàn huáng hé zhī shuǐ tiān shàng lái
君不见黄河之水天上来，

bēn liú dào hǎi bù fù huí
奔流到海不复回。

jūn bù jiàn gāo táng míng jìng bēi bái fà
君不见高堂明镜悲白发，

zhāo rú qīng sī mù chéng xuě
朝如青丝暮成雪。

rén shēng dé yì xū jìn huān mò shǐ jīn zūn kōng duì yuè
人生得意须尽欢，莫使金樽空对月。

tiān shēng wǒ cái bì yǒu yòng qiān jīn sàn jìn huán fù lái
天生我材必有用，千金散尽还复来。

pēng yáng zǎi niú qiě wéi lè huì xū yī yǐn sān bǎi bēi
烹羊宰牛且为乐，会须一饮三百杯。

cén fū zǐ dān qiū shēng qiāng jìn jiǔ bēi mò tíng
岑夫子，丹丘生，将进酒，杯莫停。

yǔ jūn gē yī qǔ qǐng jūn wèi wǒ qīng ěr tīng
与君歌一曲，请君为我倾耳听。

zhōng gǔ zhuàn yù bù zú guì dàn yuàn cháng zuì bù fù xǐng
钟鼓馔玉不足贵，但愿长醉不复醒。

gǔ lái shèng xián jiē jì mò wéi yǒu yǐn zhě liú qí míng
古来圣贤皆寂寞，惟有饮者留其名。

chén wáng xī shí yàn píng lè dǒu jiǔ shí qiān zì huān xuè
陈王昔时宴平乐，斗酒十千恣欢谑。

zhǔ rén hé wèi yán shǎo qián jìng xū gū qǔ duì jūn zhuó
主人何为言少钱，径须沽取对君酌。

wǔ huā mǎ qiān jīn qiú hū ér jiāng chū huàn měi jiǔ
五花马，千金裘，呼儿将出换美酒，

yǔ ěr tóng xiāo wàn gǔ chóu
与尔同销万古愁。

蜀相

（唐）杜　甫

chéng xiàng cí táng hé chù xún
丞相祠堂何处寻，

jǐn guān chéng wài bǎi sēn sēn
锦官城外柏森森。

yìng jiē bì cǎo zì chūn sè
映阶碧草自春色，

gé yè huáng lí kōng hǎo yīn
隔叶黄鹂空好音。

sān gù pín fán tiān xià jì
三顾频烦天下计，

liǎng cháo kāi jì lǎo chén xīn
两朝开济老臣心。

chū shī wèi jié shēn xiān sǐ
出师未捷身先死，

cháng shǐ yīng xióng lèi mǎn jīn
长使英雄泪满襟。

登 高

（唐）杜 甫

fēng jí tiān gāo yuán xiào āi
风急天高猿啸哀，
zhǔ qīng shā bái niǎo fēi huí
渚清沙白鸟飞回。
wú biān luò mù xiāo xiāo xià
无边落木萧萧下，
bù jìn cháng jiāng gǔn gǔn lái
不尽长江滚滚来。
wàn lǐ bēi qiū cháng zuò kè
万里悲秋常作客，
bǎi nián duō bìng dú dēng tái
百年多病独登台。
jiān nán kǔ hèn fán shuāng bìn
艰难苦恨繁霜鬓，
liáo dǎo xīn tíng zhuó jiǔ bēi
潦倒新停浊酒杯。

锦瑟

（唐）李商隐

jǐn sè wú duān wǔ shí xián
锦瑟无端五十弦，
yī xián yī zhù sī huá nián
一弦一柱思华年。
zhuāng shēng xiǎo mèng mí hú dié
庄生晓梦迷蝴蝶，
wàng dì chūn xīn tuō dù juān
望帝春心托杜鹃。
cāng hǎi yuè míng zhū yǒu lèi
沧海月明珠有泪，
lán tián rì nuǎn yù shēng yān
蓝田日暖玉生烟。
cǐ qíng kě dài chéng zhuī yì
此情可待成追忆，
zhǐ shì dāng shí yǐ wǎng rán
只是当时已惘然。

过华清宫

（唐）杜　牧

cháng ān huí wàng xiù chéng duī
长安回望绣成堆，

shān dǐng qiān mén cì dì kāi
山顶千门次第开。

yī jì hóng chén fēi zǐ xiào
一骑红尘妃子笑，

wú rén zhī shì lì zhī lái
无人知是荔枝来。

虞美人

（唐）李 煜

chūn huā qiū yuè hé shí liǎo wǎng shì zhī duō shǎo
春花秋月何时了，往事知多少。

xiǎo lóu zuó yè yòu dōng fēng
小楼昨夜又东风，

gù guó bù kān huí shǒu yuè míng zhōng
故国不堪回首月明中。

diāo lán yù qì yīng yóu zài zhǐ shì zhū yán gǎi
雕栏玉砌应犹在，只是朱颜改。

wèn jūn néng yǒu jǐ duō chóu
问君能有几多愁，

qià sì yī jiāng chūn shuǐ xiàng dōng liú
恰似一江春水向东流。

雨霖铃

（宋）柳　永

寒蝉凄切，对长亭晚，骤雨初歇。都门帐饮无绪，留恋处，兰舟催发。执手相看泪眼，竟无语凝噎。念去去千里烟波，暮霭沉沉楚天阔。

多情自古伤离别，更那堪冷落清秋节！今宵酒醒何处？杨柳岸，晓风残月。此去经年，应

shì liáng chén hǎo jǐng xū shè　biàn zòng yǒu qiān zhǒng fēng
是良辰好景虚设。便纵有千种风

qíng　gèng yǔ hé rén shuō
情，更与何人说！

蝶恋花

（宋）柳 永

zhù yǐ wēi lóu fēng xì xì
伫倚危楼风细细，

wàng jí chūn chóu àn àn shēng tiān jì
望极春愁，黯黯生天际。

cǎo sè yān guāng cán zhào lǐ
草色烟光残照里，

wú yán shéi huì píng lán yì
无言谁会凭阑意？

nǐ bǎ shū kuáng tú yī zuì
拟把疏狂图一醉，

duì jiǔ dāng gē qiáng lè huán wú wèi
对酒当歌，强乐还无味。

yī dài jiàn kuān zhōng bù huǐ
衣带渐宽终不悔，

wèi yī xiāo dé rén qiáo cuì
为伊消得人憔悴。

桂枝香·金陵怀古

（宋）王安石

dēng lín sòng mù zhèng gù guó wǎn qiū tiān
登临送目。正故国晚秋，天

qì chū sù qiān lǐ chéng jiāng sì liàn cuì fēng rú
气初肃。千里澄江似练，翠峰如

cù guī fān qù zhào cán yáng lǐ bèi xī fēng
簇。归帆去棹残阳里，背西风、

jiǔ qí xié chù cǎi zhōu yún dàn xīng hé lù
酒旗斜矗。彩舟云淡，星河鹭

qǐ huà tú nán zú
起，画图难足。

niàn wǎng xī fán huá jìng zhú tàn mén wài
念往昔、繁华竞逐。叹门外

lóu tóu bēi hèn xiāng xù qiān gǔ píng gāo duì
楼头，悲恨相续。千古凭高，对

cǐ màn jiē róng rǔ liù cháo jiù shì suí liú shuǐ
此漫嗟荣辱。六朝旧事随流水，

dàn hán yān fāng cǎo níng lǜ zhì jīn shāng nǚ shí
但寒烟芳草凝绿。至今商女，时

shí yóu chàng hòu tíng yí qǔ
时犹唱，后庭遗曲。

念奴娇·赤壁怀古

（宋）苏 轼

dà jiāng dōng qù làng táo jìn qiān gǔ fēng
大江东去，浪淘尽，千古风
liú rén wù gù lěi xī biān rén dào shì sān
流人物。故垒西边，人道是，三
guó zhōu láng chì bì luàn shí chuān kōng jīng tāo pāi
国周郎赤壁。乱石穿空，惊涛拍
àn juǎn qǐ qiān duī xuě jiāng shān rú huà yī
岸，卷起千堆雪。江山如画，一
shí duō shǎo háo jié
时多少豪杰！

yáo xiǎng gōng jǐn dàng nián xiǎo qiáo chū jià
遥想公瑾当年，小乔初嫁
liǎo xióng zī yīng fā yǔ shàn guān jīn tán xiào
了，雄姿英发。羽扇纶巾，谈笑
jiān qiáng lǔ huī fēi yān miè gù guó shén yóu
间，樯橹灰飞烟灭。故国神游，

duō qíng yìng xiào wǒ, zǎo shēng huá fà. rén shēng rú
多情应笑我，早生华发。人生如

mèng, yī zūn huán lèi jiāng yuè.
梦，一樽还酹江月。

鹊桥仙

（宋）秦　观

xiān yún nòng qiǎo　fēi xīng chuán hèn　yín hàn
纤云弄巧，飞星传恨，银汉

tiáo tiáo àn dù　jīn fēng yù lù yī xiāng féng　biàn
迢迢暗度。金风玉露一相逢，便

shèng què rén jiān wú shù
胜却人间无数。

róu qíng sì shuǐ　jiā qī rú mèng　rěn gù
柔情似水，佳期如梦，忍顾

què qiáo guī lù　liǎng qíng ruò shì jiǔ cháng shí　yòu
鹊桥归路。两情若是久长时，又

qǐ zài zhāo zhāo mù mù
岂在朝朝暮暮！

声声慢

（宋）李清照

xún xún mì mì lěng lěng qīng qīng qī qī
寻寻觅觅，冷冷清清，凄凄

cǎn cǎn qī qī zhà nuǎn huán hán shí hòu zuì nán
惨惨戚戚。乍暖还寒时候，最难

jiāng xī sān bēi liǎng zhǎn dàn jiǔ zěn dí tā
将息。三杯两盏淡酒，怎敌他、

wǎn lái fēng jí yàn guò yě zhèng shāng xīn què
晚来风急！雁过也，正伤心，却

shì jiù shí xiāng shí
是旧时相识。

mǎn dì huáng huā duī jī qiáo cuì sǔn rú
满地黄花堆积，憔悴损，如

jīn yǒu shéi kān zhāi shǒu zhe chuāng ér dú zì
今有谁堪摘？守着窗儿，独自

zěn shēng dé hēi wú tóng gèng jiān xì yǔ dào huáng
怎生得黑？梧桐更兼细雨，到黄

hūn diǎn diǎn dī dī zhè cì dì zěn yī gè
昏，点点滴滴。这次第，怎一个

chóu zì liǎo dé
愁字了得？

书　愤

（宋）陆　游

zǎo suì nǎ zhī shì shì jiān
早岁那知世事艰，

zhōng yuán běi wàng qì rú shān
中原北望气如山。

lóu chuán yè xuě guā zhōu dù
楼船夜雪瓜洲渡，

tiě mǎ qiū fēng dà sǎn guān
铁马秋风大散关。

sāi shàng cháng chéng kōng zì xǔ
塞上长城空自许，

jìng zhōng shuāi bìn yǐ xiān bān
镜中衰鬓已先斑。

chū shī yī biǎo zhēn míng shì
出师一表真名世，

qiān zǎi shéi kān bó zhòng jiān
千载谁堪伯仲间！

永遇乐·京口北固亭怀古

（宋）辛弃疾

qiān gǔ jiāng shān, yīng xióng wú mì sūn zhòng
千古江山，英雄无觅孙仲
móu chù. wǔ xiè gē tái, fēng liú zǒng bèi yǔ dǎ
谋处。舞榭歌台，风流总被雨打
fēng chuī qù. xié yáng cǎo shù, xún cháng xiàng mò,
风吹去。斜阳草树，寻常巷陌，
rén dào jì nú céng zhù. xiǎng dāng nián, jīn gē tiě
人道寄奴曾住。想当年，金戈铁
mǎ, qì tūn wàn lǐ rú hǔ.
马，气吞万里如虎。

yuán jiā cǎo cǎo, fēng láng jū xū, yíng dé
元嘉草草，封狼居胥，赢得
cāng huáng běi gù. sì shí sān nián, wàng zhōng yóu
仓皇北顾。四十三年，望中犹
jì, fēng huǒ yáng zhōu lù. kě kān huí shǒu, fó
记，烽火扬州路。可堪回首，佛

lí cí xià yī piàn shén yā shè gǔ píng shéi wèn
狸祠下，一片神鸦社鼓。凭谁问：

lián pō lǎo yǐ shàng néng fàn fǒu
廉颇老矣，尚能饭否？

扬州慢

（宁）姜　夔

huái zuǒ míng dū zhú xī jiā chù jiě ān
淮左名都，竹西佳处，解鞍

shǎo zhù chū chéng guò chūn fēng shí lǐ jìn jì mài
少驻初程。过春风十里，尽荠麦

qīng qīng zì hú mǎ kuī jiāng qù hòu fèi chí qiáo
青青。自胡马窥江去后，废池乔

mù yóu yàn yán bīng jiàn huáng hūn qīng jiǎo chuī
木，犹厌言兵。渐黄昏，清角吹

hán dōu zài kōng chéng
寒，都在空城。

dù láng jùn shǎng suàn ér jīn chóng dào xū
杜郎俊赏，算而今、重到须

jīng zòng dòu kòu cí gōng qīng lóu mèng hǎo
惊。纵豆蔻词工，青楼梦好，

nán fù shēn qíng èr shí sì qiáo réng zài bō xīn
难赋深情。二十四桥仍在，波心

dàng　　lěng yuè wú shēng　　niàn qiáo biān hóng yào　　nián
荡、冷月无声。念桥边红药，年

nián zhī wèi shéi shēng
年知为谁生？

龟虽寿

（汉）曹　操

shén guī suī shòu　yóu yǒu jìng shí
神龟虽寿，犹有竟时。

téng shé chéng wù　zhōng wéi tǔ huī
腾蛇乘雾，终为土灰。

lǎo jì fú lì　zhì zài qiān lǐ
老骥伏枥，志在千里。

liè shì mù nián　zhuàng xīn bù yǐ
烈士暮年，壮心不已。

yíng suō zhī qī　bù dàn zài tiān
盈缩之期，不但在天。

yǎng yí zhī fú　kě dé yǒng nián
养怡之福，可得永年。

xìng shèn zhì zāi　gē yǐ yǒng zhì
幸甚至哉，歌以咏志。

十三　千字文

千字文

（南北朝）周兴嗣

tiān dì xuán huáng, yǔ zhòu hóng huāng.
天地玄黄，宇宙洪荒。

rì yuè yíng zè, chén xiù liè zhāng.
日月盈昃，辰宿列张。

hán lái shǔ wǎng, qiū shōu dōng cáng.
寒来暑往，秋收冬藏。

rùn yú chéng suì, lǜ lǚ tiáo yáng.
闰余成岁，律吕调阳。

yún téng zhì yǔ, lù jié wéi shuāng.
云腾致雨，露结为霜。

jīn shēng lì shuǐ, yù chū kūn gāng.
金生丽水，玉出昆冈。

jiàn hào jù què zhū chēng yè guāng
剑号巨阙，珠称夜光。

guǒ zhēn lǐ nài cài zhòng jiè jiāng
果珍李柰，菜重芥姜。

hǎi xián hé dàn lín qián yǔ xiáng
海咸河淡，鳞潜羽翔。

lóng shī huǒ dì niǎo guān rén huáng
龙师火帝，鸟官人皇。

shǐ zhì wén zì nǎi fú yī cháng
始制文字，乃服衣裳。

tuī wèi ràng guó yǒu yú táo táng
推位让国，有虞陶唐。

diào mín fá zuì zhōu fā yīn tāng
吊民伐罪，周发殷汤。

zuò cháo wèn dào chuí gǒng píng zhāng
坐朝问道，垂拱平章。

ài yù lí shǒu chén fú róng qiāng
爱育黎首，臣伏戎羌。

xiá ěr yī tǐ shuài bīn guī wáng
遐迩一体，率宾归王。

míng fèng zài zhú, bái jū shí cháng.
鸣凤在竹，白驹食场。

huà bèi cǎo mù, lài jí wàn fāng.
化被草木，赖及万方。

gài cǐ shēn fà, sì dà wǔ cháng.
盖此身发，四大五常。

gōng wéi jū yǎng, qǐ gǎn huǐ shāng.
恭惟鞠养，岂敢毁伤。

nǚ mù zhēn jié, nán xiào cái liáng.
女慕贞洁，男效才良。

zhī guò bì gǎi, dé néng mò wàng.
知过必改，得能莫忘。

wǎng tán bǐ duǎn, mǐ shì jǐ cháng.
罔谈彼短，靡恃己长。

xìn shǐ kě fù, qì yù nán liàng.
信使可覆，器欲难量。

mò bēi sī rǎn, shī zàn gāo yáng.
墨悲丝染，诗赞羔羊。

jǐng xíng wéi xián, kè niàn zuò shèng.
景行维贤，克念作圣。

dé jiàn míng lì, xíng duān biǎo zhèng
德建名立，形端表正。

kōng gǔ chuán shēng, xū táng xí tīng
空谷传声，虚堂习听。

huò yīn è jī, fú yuán shàn qìng
祸因恶积，福缘善庆。

chǐ bì fēi bǎo, cùn yīn shì jìng
尺璧非宝，寸阴是竞。

zī fù shì jūn, yuē yán yǔ jìng
资父事君，曰严与敬。

xiào dāng jié lì, zhōng zé jìn mìng
孝当竭力，忠则尽命。

lín shēn lǚ bó, sù xīng wēn qìng
临深履薄，夙兴温凊。

sì lán sī xīn, rú sōng zhī shèng
似兰斯馨，如松之盛。

chuān liú bù xī, yuān chéng qǔ yìng
川流不息，渊澄取映。

róng zhǐ ruò sī, yán cí ān dìng
容止若思，言辞安定。

dǔ chū chéng měi, shèn zhōng yí lìng
笃初诚美，慎终宜令。

róng yè suǒ jī, jí shèn wú jìng
荣业所基，籍甚无竟。

xué yōu dēng shì, shè zhí cóng zhèng
学优登仕，摄职从政。

cún yǐ gān táng, qù ér yì yǒng
存以甘棠，去而益咏。

yuè shū guì jiàn, lǐ bié zūn bēi
乐殊贵贱，礼别尊卑。

shàng hé xià mù, fū chàng fù suí
上和下睦，夫唱妇随。

wài shòu fù xùn, rù fèng mǔ yí
外受傅训，入奉母仪。

zhū gū bó shū, yóu zǐ bǐ ér
诸姑伯叔，犹子比儿。

kǒng huái xiōng dì, tóng qì lián zhī
孔怀兄弟，同气连枝。

jiāo yǒu tóu fèn, qiē mó zhēn guī
交友投分，切磨箴规。

rén cí yǐn cè　zào cì fú lí
仁慈隐恻，造次弗离。

jié yì lián tuì　diān pèi fěi kuī
节义廉退，颠沛匪亏。

xìng jìng qíng yì　xīn dòng shén pí
性静情逸，心动神疲。

shǒu zhēn zhì mǎn　zhú wù yì yí
守真志满，逐物意移。

jiān chí yǎ cāo　hǎo jué zì mí
坚持雅操，好爵自縻。

dū yì huá xià　dōng xī èr jīng
都邑华夏，东西二京。

bèi máng miàn luò　fú wèi jù jīng
背邙面洛，浮渭据泾。

gōng diàn pán yù　lóu guàn fēi jīng
宫殿盘郁，楼观飞惊。

tú xiě qín shòu　huà cǎi xiān líng
图写禽兽，画彩仙灵。

bǐng shè páng qǐ　jiǎ zhàng duì yíng
丙舍旁启，甲帐对楹。

sì yán shè xí, gǔ sè chuī shēng
肆筵设席，鼓瑟吹笙。

shēng jiē nà bì, biàn zhuàn yí xīng
升阶纳陛，弁转疑星。

yòu tōng guǎng nèi, zuǒ dá chéng míng
右通广内，左达承明。

jì jí fén diǎn, yì jù qún yīng
既集坟典，亦聚群英。

dù gǎo zhōng lì, qī shū bì jīng
杜稿钟隶，漆书壁经。

fǔ luó jiàng xiàng, lù jiā huái qīng
府罗将相，路侠槐卿。

hù fēng bā xiàn, jiā jǐ qiān bīng
户封八县，家给千兵。

gāo guān péi niǎn, qū gǔ zhèn yīng
高冠陪辇，驱毂振缨。

shì lù chǐ fù, chē jià féi qīng
世禄侈富，车驾肥轻。

cè gōng mào shí, lè bēi kè míng
策功茂实，勒碑刻铭。

pán xī yī yǐn zuǒ shí ē héng
磻溪伊尹，佐时阿衡。

yān zhái qū fù wēi dàn shú yíng
奄宅曲阜，微旦孰营。

huán gōng kuāng hé jì ruò fú qīng
桓公匡合，济弱扶倾。

qǐ huí hàn huì yuè gǎn wǔ dīng
绮回汉惠，说感武丁。

jùn yì mì wù duō shì shí níng
俊乂密勿，多士寔宁。

jìn chǔ gēng bà zhào wèi kùn héng
晋楚更霸，赵魏困横。

jiǎ tú miè guó jiàn tǔ huì méng
假途灭虢，践土会盟。

hé zūn yuē fǎ hán bì fán xíng
何遵约法，韩弊烦刑。

qǐ jiǎn pō mù yòng jūn zuì jīng
起翦颇牧，用军最精。

xuān wēi shā mò chí yù dān qīng
宣威沙漠，驰誉丹青。

jiǔ zhōu yǔ jì, bǎi jùn qín bìng.
九州禹迹，百郡秦并。

yuè zōng tài dài, shàn zhǔ yún tíng.
岳宗泰岱，禅主云亭。

yàn mén zǐ sài, jī tián chì chéng.
雁门紫塞，鸡田赤城。

kūn chí jié shí, jù yě dòng tíng.
昆池碣石，巨野洞庭。

kuàng yuǎn mián miǎo, yán xiù yǎo míng.
旷远绵邈，岩岫杳冥。

zhì běn yú nóng, wù zī jià sè.
治本于农，务兹稼穑。

chù zǎi nán mǔ, wǒ yì shǔ jì.
俶载南亩，我艺黍稷。

shuì shú gòng xīn, quàn shǎng chù zhì.
税熟贡新，劝赏黜陟。

mèng kē dūn sù, shǐ yú bǐng zhí.
孟轲敦素，史鱼秉直。

shù jī zhōng yōng, láo qiān jǐn chì.
庶几中庸，劳谦谨敕。

líng yīn chá lǐ jiàn mào biàn sè
聆音察理，鉴貌辨色。

yí jué jiā yóu miǎn qí zhī zhí
贻厥嘉猷，勉其祗植。

xǐng gōng jī jiè chǒng zēng kàng jí
省躬讥诫，宠增抗极。

dài rǔ jìn chǐ lín gāo xìng jí
殆辱近耻，林皋幸即。

liǎng shū jiàn jī jiě zǔ shéi bī
两疏见机，解组谁逼。

suǒ jū xián chǔ chén mò jì liáo
索居闲处，沉默寂寥。

qiú gǔ xún lùn sàn lǜ xiāo yáo
求古寻论，散虑逍遥。

xīn zòu lèi qiǎn qī xiè huān zhāo
欣奏累遣，戚谢欢招。

qú hé dí lì yuán mǎng chōu tiáo
渠荷的历，园莽抽条。

pí pá wǎn cuì wú tóng zǎo diāo
枇杷晚翠，梧桐蚤凋。

chén gēn wěi yì　　luò yè piāo yáo
陈根委翳，落叶飘摇。

yóu kūn dú yùn　　líng mó jiàng xiāo
游鹍独运，凌摩绛霄。

dān dú wán shì　　yù mù náng xiāng
耽读玩市，寓目囊箱。

yì yóu yōu wèi　　zhǔ ěr yuán qiáng
易𬨎攸畏，属耳垣墙。

jù shàn cān fàn　　shì kǒu chōng cháng
具膳餐饭，适口充肠。

bǎo yù pēng zǎi　　jī yàn zāo kāng
饱饫烹宰，饥厌糟糠。

qīn qī gù jiù　　lǎo shào yì liáng
亲戚故旧，老少异粮。

qiè yù jì fǎng　　shì jīn wéi fáng
妾御绩纺，侍巾帷房。

wán shàn yuán jié　　yín zhú wěi huáng
纨扇圆絜，银烛炜煌。

zhòu mián xī mèi　　lán sǔn xiàng chuáng
昼眠夕寐，蓝笋象床。

xián gē jiǔ yàn, jiē bēi jǔ shāng
弦歌酒宴，接杯举觞。

jiǎo shǒu dùn zú, yuè yù qiě kāng
矫手顿足，悦豫且康。

dí hòu sì xù, jì sì zhēng cháng
嫡后嗣续，祭祀烝尝。

qǐ sǎng zài bài, sǒng jù kǒng huáng
稽颡再拜，悚惧恐惶。

jiān dié jiǎn yào, gù dá shěn xiáng
笺牒简要，顾答审详。

hái gòu xiǎng yù, zhí rè yuàn liáng
骸垢想浴，执热愿凉。

lǘ luó dú tè, hài yuè chāo xiāng
驴骡犊特，骇跃超骧。

zhū zhǎn zéi dào, bǔ huò pàn wáng
诛斩贼盗，捕获叛亡。

bù shè liáo wán, jī qín ruǎn xiào
布射僚丸，嵇琴阮啸。

tián bǐ lún zhǐ, jūn qiǎo rén diào
恬笔伦纸，钧巧任钓。

shì fēn lì sú bìng jiē jiā miào

释纷利俗，并皆佳妙。

máo shī shū zī gōng pín yán xiào

毛施淑姿，工颦妍笑。

nián shǐ měi cuī xī huī lǎng yào

年矢每催，曦晖朗曜。

xuán jī xuán wò huì pò huán zhào

璇玑悬斡，晦魄环照。

zhǐ xīn xiū hù yǒng suí jí shào

指薪修祜，永绥吉劭。

jǔ bù yǐn lǐng fǔ yǎng láng miào

矩步引领，俯仰廊庙。

shù dài jīn zhuāng pái huái zhān tiào

束带矜庄，徘徊瞻眺。

gū lòu guǎ wén yú méng děng qiào

孤陋寡闻，愚蒙等诮。

wèi yǔ zhù zhě yān zāi hū yě

谓语助者，焉哉乎也。

十四 《诗经》选

国风·王风·采葛

bǐ cǎi gě xī yī rì bù jiàn rú sān yuè xī
彼采葛兮，一日不见，如三月兮。

bǐ cǎi xiāo xī yī rì bù jiàn rú sān qiū xī
彼采萧兮，一日不见，如三秋兮。

bǐ cǎi ài xī yī rì bù jiàn rú sān suì xī
彼采艾兮，一日不见，如三岁兮。

国风·邶风·式微

shì wēi shì wēi hú bù guī
式微，式微！胡不归？

wēi jūn zhī gù hú wéi hū zhōng lù
微君之故，胡为乎中露！

shì wēi shì wēi hú bù guī
式微，式微！胡不归？

wēi jūn zhī gōng hú wéi hū ní zhōng
微君之躬，胡为乎泥中！

国风·周南·桃夭

táo zhī yāo yāo　zhuó zhuó qí huā
桃之夭夭，灼灼其华。
zhī zǐ yú guī　yí qí shì jiā
之子于归，宜其室家。
táo zhī yāo yāo　yǒu fén qí shí
桃之夭夭，有蕡其实。
zhī zǐ yú guī　yí qí jiā shì
之子于归，宜其家室。
táo zhī yāo yāo　qí yè zhēn zhēn
桃之夭夭，其叶蓁蓁。
zhī zǐ yú guī　yí qí jiā rén
之子于归，宜其家人。

国风·卫风·木瓜

tóu wǒ yǐ mù guā bào zhī yǐ qióng jū
投我以木瓜，报之以琼琚。

fěi bào yě yǒng yǐ wéi hǎo yě
匪报也，永以为好也！

tóu wǒ yǐ mù táo bào zhī yǐ qióng yáo
投我以木桃，报之以琼瑶。

fěi bào yě yǒng yǐ wéi hǎo yě
匪报也，永以为好也！

tóu wǒ yǐ mù lǐ bào zhī yǐ qióng jiǔ
投我以木李，报之以琼玖。

fěi bào yě yǒng yǐ wéi hǎo yě
匪报也，永以为好也！

国风·郑风·野有蔓草

yě yǒu màn cǎo，líng lù tuán xī。
野有蔓草，零露漙兮。

yǒu měi yī rén，qīng yáng wǎn xī。
有美一人，清扬婉兮。

xiè hòu xiāng yù，shì wǒ yuàn xī。
邂逅相遇，适我愿兮。

yě yǒu màn cǎo，líng lù ráng ráng。
野有蔓草，零露瀼瀼。

yǒu měi yī rén，wǎn rú qīng yáng。
有美一人，婉如清扬。

xiè hòu xiāng yù，yǔ zǐ xié cáng。
邂逅相遇，与子偕臧。

小雅·鹿鸣

yōu yōu lù míng　shí yě zhī píng
呦呦鹿鸣，食野之苹。
wǒ yǒu jiā bīn　gǔ sè chuī shēng
我有嘉宾，鼓瑟吹笙。
chuī shēng gǔ huáng　chéng kuāng shì jiāng
吹笙鼓簧，承筐是将。
rén zhī hào wǒ　shì wǒ zhōu háng
人之好我，示我周行。

yōu yōu lù míng　shí yě zhī hāo
呦呦鹿鸣，食野之蒿。
wǒ yǒu jiā bīn　dé yīn kǒng zhāo
我有嘉宾，德音孔昭。
shì mín bù tiāo　jūn zǐ shì zé shì xiào
视民不恌，君子是则是效。

wǒ yǒu zhǐ jiǔ　jiā bīn shì yàn yǐ áo
我有旨酒，嘉宾式燕以敖。

yōu yōu lù míng　shí yě zhī qín
呦呦鹿鸣，食野之芩。
wǒ yǒu jiā bīn　gǔ sè gǔ qín
我有嘉宾，鼓瑟鼓琴。
gǔ sè gǔ qín　hé lè qiě dān
鼓瑟鼓琴，和乐且湛。
wǒ yǒu zhǐ jiǔ　yǐ yàn lè jiā bīn zhī xīn
我有旨酒，以燕乐嘉宾之心。

国风·郑风·子衿

qīng qīng zǐ jīn　yōu yōu wǒ xīn
青青子衿，悠悠我心。

zòng wǒ bù wǎng　zǐ níng bù sì yīn
纵我不往，子宁不嗣音？

qīng qīng zǐ pèi　yōu yōu wǒ sī
青青子佩，悠悠我思。

zòng wǒ bù wǎng　zǐ níng bù lái
纵我不往，子宁不来？

tiāo xī dá xī　zài chéng què xī
挑兮达兮，在城阙兮。

yī rì bù jiàn　rú sān yuè xī
一日不见，如三月兮。

国风·秦风·无衣

qǐ yuē wú yī yǔ zǐ tóng páo wáng yú
岂曰无衣？与子同袍。王于
xīng shī xiū wǒ gē máo yǔ zǐ tóng chóu
兴师，修我戈矛，与子同仇！
qǐ yuē wú yī yǔ zǐ tóng zé wáng yú
岂曰无衣？与子同泽。王于
xīng shī xiū wǒ máo jǐ yǔ zǐ xié zuò
兴师，修我矛戟，与子偕作！
qǐ yuē wú yī yǔ zǐ tóng cháng wáng yú
岂曰无衣？与子同裳。王于
xīng shī xiū wǒ jiǎ bīng yǔ zǐ xié xíng
兴师，修我甲兵，与子偕行！

国风·王风·黍离

bǐ shǔ lí lí bǐ jì zhī miáo xíng mài
彼黍离离，彼稷之苗。行迈
mí mí zhōng xīn yáo yáo zhī wǒ zhě wèi wǒ xīn
靡靡，中心摇摇。知我者谓我心
yōu bù zhī wǒ zhě wèi wǒ hé qiú yōu yōu cāng
忧；不知我者谓我何求。悠悠苍
tiān cǐ hé rén zāi
天！此何人哉？

bǐ shǔ lí lí bǐ jì zhī suì xíng mài
彼黍离离，彼稷之穗。行迈
mí mí zhōng xīn rú zuì zhī wǒ zhě wèi wǒ xīn
靡靡，中心如醉。知我者谓我心
yōu bù zhī wǒ zhě wèi wǒ hé qiú yōu yōu cāng
忧，不知我者谓我何求。悠悠苍
tiān cǐ hé rén zāi
天！此何人哉？

bǐ shǔ lí lí bǐ jì zhī shí xíng mài
彼黍离离，彼稷之实。行迈

mí mí zhōng xīn rú yē zhī wǒ zhě wèi wǒ xīn
靡靡，中心如噎。知我者谓我心

yōu bù zhī wǒ zhě wèi wǒ hé qiú yōu yōu cāng
忧，不知我者谓我何求。悠悠苍

tiān cǐ hé rén zāi
天！此何人哉？

小雅·鹤鸣

hè míng yú jiǔ gāo shēng wén yú yě yú
鹤鸣于九皋，声闻于野。鱼
qián zài yuān huò zài yú zhǔ lè bǐ zhī yuán
潜在渊，或在于渚。乐彼之园，
yuán yǒu shù tán qí xià wéi tuò tā shān zhī
爰有树檀，其下维萚。他山之
shí kě yǐ wéi cuò
石，可以为错。

hè míng yú jiǔ gāo shēng wén yú tiān yú
鹤鸣于九皋，声闻于天。鱼
zài yú zhǔ huò qián zài yuān lè bǐ zhī yuán
在于渚，或潜在渊。乐彼之园，
yuán yǒu shù tán qí xià wéi gǔ tā shān zhī
爰有树檀，其下维榖。他山之
shí kě yǐ gōng yù
石，可以攻玉。

十五　短篇文言文

诫子书

（三国）诸葛亮

fú jūn zǐ zhī xíng jìng yǐ xiū shēn jiǎn
夫君子之行，静以修身，俭
yǐ yǎng dé fēi dàn bó wú yǐ míng zhì fēi níng
以养德。非淡泊无以明志，非宁
jìng wú yǐ zhì yuǎn fú xué xū jìng yě cái xū
静无以致远。夫学须静也，才须
xué yě fēi xué wú yǐ guǎng cái fēi zhì wú
学也，非学无以广才，非志无
yǐ chéng xué yín màn zé bù néng lì jīng xiǎn zào
以成学。淫慢则不能励精，险躁
zé bù néng zhì xìng nián yǔ shí chí yì yǔ rì
则不能治性。年与时驰，意与日

qù suì chéng kū luò duō bù jiē shì bēi shǒu
去，遂成枯落，多不接世，悲守

qióng lú jiāng fù hé jí
穷庐，将复何及！

大道之行也

《礼记·礼运篇》

dà dào zhī xíng yě tiān xià wéi gōng
大道之行也，天下为公，
xuǎn xián jǔ néng jiǎng xìn xiū mù gù rén bù dú
选贤与能，讲信修睦。故人不独
qīn qí qīn bù dú zǐ qí zǐ shǐ lǎo yǒu suǒ
亲其亲，不独子其子，使老有所
zhōng zhuàng yǒu suǒ yòng yòu yǒu suǒ zhǎng guān guǎ
终，壮有所用，幼有所长，矜寡
gū dú fèi jí zhě jiē yǒu suǒ yǎng nán yǒu fèn
孤独废疾者皆有所养，男有分，
nǚ yǒu guī huò wù qí qì yú dì yě bù bì
女有归。货恶其弃于地也，不必
cáng yú jǐ lì wù qí bù chū yú shēn yě bù
藏于己；力恶其不出于身也，不
bì wèi jǐ shì gù móu bì ér bù xīng dào qiè
必为己；是故谋闭而不兴，盗窃

luàn zéi ér bù zuò gù wài hù ér bù bì shì
乱贼而不作，故外户而不闭。是
wèi dà tóng
谓大同。

《礼记》一则

虽有佳肴，弗食，不知其旨也；虽有至道，弗学，不知其善也。是故学然后知不足，教然后知困。知不足，然后能自反也；知困，然后能自强也。故曰：教学相长也。《兑命》曰：“学学半。”其此之谓乎！

孙权劝学

（宋）司马光

chū quán wèi lǚ méng yuē qīng jīn dāng tú
初，权谓吕蒙曰：“卿今当涂
zhǎng shì bù kě bù xué méng cí yǐ jūn zhōng
掌事，不可不学！”蒙辞以军中
duō wù quán yuē gū qǐ yù qīng zhì jīng wéi bó
多务。权曰：“孤岂欲卿治经为博
shì yé dàn dāng shè liè jiàn wǎng shì ěr qīng
士邪！但当涉猎，见往事耳。卿
yán duō wù shú ruò gū gū cháng dú shū zì
言多务，孰若孤？孤常读书，自
yǐ wéi dà yǒu suǒ yì méng nǎi shǐ jiù xué
以为大有所益。”蒙乃始就学。

jí lǔ sù guò xún yáng yǔ méng lùn yì
及鲁肃过寻阳，与蒙论议，
dà jīng yuē qīng jīn zhě cái lüè fēi fù wú
大惊曰：“卿今者才略，非复吴

xià ā méng méng yuē shì bié sān rì
下阿蒙！”蒙曰：“士别三日，

jí gēng guā mù xiāng dài dà xiōng hé jiàn shì zhī wǎn
即更刮目相待，大兄何见事之晚

hū sù suì bài méng mǔ jié yǒu ér bié
乎！”肃遂拜蒙母，结友而别。

爱莲说

（宋）周敦颐

shuǐ lù cǎo mù zhī huā kě ài zhě shèn
水陆草木之花，可爱者甚

fán jìn táo yuān míng dú ài jú zì lǐ táng
蕃。晋陶渊明独爱菊。自李唐

lái shì rén shèn ài mǔ dān yú dú ài lián zhī
来，世人甚爱牡丹。予独爱莲之

chū yū ní ér bù rǎn zhuó qīng lián ér bù yāo
出淤泥而不染，濯清涟而不妖，

zhōng tōng wài zhí bù màn bù zhī xiāng yuǎn yì
中通外直，不蔓不枝，香远益

qīng tíng tíng jìng zhí kě yuǎn guān ér bù kě xiè
清，亭亭净植，可远观而不可亵

wán yān
玩焉。

yú wèi jú huā zhī yǐn yì zhě yě mǔ
予谓菊，花之隐逸者也；牡

dān huā zhī fù guì zhě yě lián huā zhī jūn
丹，花之富贵者也；莲，花之君

zǐ zhě yě yī jú zhī ài táo hòu xiǎn yǒu
子者也。噫！菊之爱，陶后鲜有

wén lián zhī ài tóng yú zhě hé rén mǔ dān
闻。莲之爱，同予者何人？牡丹

zhī ài yí hū zhòng yǐ
之爱，宜乎众矣！

陋室铭

（唐）刘禹锡

shān bù zài gāo yǒu xiān zé míng
山不在高，有仙则名。
shuǐ bù zài shēn yǒu lóng zé líng
水不在深，有龙则灵。
sī shì lòu shì wéi wú dé xīn
斯是陋室，惟吾德馨。
tái hén shàng jiē lǜ cǎo sè rù lián qīng
苔痕上阶绿，草色入帘青。
tán xiào yǒu hóng rú wǎng lái wú bái dīng
谈笑有鸿儒，往来无白丁。
kě yǐ tiáo sù qín yuè jīn jīng
可以调素琴，阅金经。
wú sī zhú zhī luàn ěr wú àn dú zhī láo xíng
无丝竹之乱耳，无案牍之劳形。
nán yáng zhū gě lú xī shǔ zǐ yún tíng
南阳诸葛庐，西蜀子云亭。
kǒng zǐ yún hé lòu zhī yǒu
孔子云：何陋之有？

三　峡

（北朝）郦道元

zì sān xiá qī bǎi lǐ zhōng liǎng àn lián
自三峡七百里中，两岸连
shān lüè wú quē chù chóng yán dié zhàng yǐn tiān
山，略无阙处。重岩叠嶂，隐天
bì rì zì fēi tíng wǔ yè fēn bù jiàn xī yuè
蔽日，自非亭午夜分，不见曦月。

zhì yú xià shuǐ xiāng líng yán sù zǔ jué
至于夏水襄陵，沿溯阻绝。
huò wáng mìng jí xuān yǒu shí zhāo fā bái dì mù
或王命急宣，有时朝发白帝，暮
dào jiāng líng qí jiān qiān èr bǎi lǐ suī chéng bēn
到江陵，其间千二百里，虽乘奔
yù fēng bù yǐ jí yě
御风，不以疾也。

chūn dōng zhī shí zé sù tuān lǜ tán huí
春冬之时，则素湍绿潭，回

qīng dào yǐng jué yǎn duō shēng guài bǎi xuán quán pù
清倒影，绝巘多生怪柏，悬泉瀑
bù fēi shù qí jiān qīng róng jùn mào liáng duō
布，飞漱其间，清荣峻茂，良多
qù wèi
趣味。

měi zhì qíng chū shuāng dàn lín hán jiàn sù
每至晴初霜旦，林寒涧肃，
cháng yǒu gāo yuán cháng xiào zhǔ yǐn qī yì kōng gǔ
常有高猿长啸，属引凄异，空谷
chuán xiǎng āi zhuǎn jiǔ jué gù yú zhě gē yuē
传响，哀转久绝。故渔者歌曰：
bā dōng sān xiá wū xiá cháng yuán míng sān shēng lèi
“巴东三峡巫峡长，猿鸣三声泪
zhān cháng
沾裳。”

答谢中书书

（南朝）陶弘景

shān chuān zhī měi gǔ lái gòng tán
山川之美，古来共谈。

gāo fēng rù yún qīng liú jiàn dǐ
高峰入云，清流见底。

liǎng àn shí bì wǔ sè jiāo huī
两岸石壁，五色交辉。

qīng lín cuì zhú sì shí jù bèi
青林翠竹，四时俱备。

xiǎo wù jiāng xiē yuán niǎo luàn míng
晓雾将歇，猿鸟乱鸣；

xī rì yù tuí chén lín jìng yuè
夕日欲颓，沉鳞竞跃。

shí shì yù jiè zhī xiān dū
实是欲界之仙都。

zì kāng lè yǐ lái
自康乐以来，

wèi fù yǒu néng yù qí qí zhě
未复有能与其奇者。

湖心亭看雪

（清）张 岱

chóng zhēn wǔ nián shí èr yuè yú zhù xī
崇祯五年十二月，余住西

hú dà xuě sān rì hú zhōng rén niǎo shēng jù
湖。大雪三日，湖中人鸟声俱

jué shì rì gēng dìng yǐ yú ná yī xiǎo zhōu
绝。是日更定矣，余拏一小舟，

yōng cuì yī lú huǒ dú wǎng hú xīn tíng kàn xuě
拥毳衣炉火，独往湖心亭看雪。

wù sōng hàng dàng tiān yǔ yún yǔ shān
雾凇沆砀，天与云、与山、

yǔ shuǐ shàng xià yī bái hú shàng yǐng zi wéi
与水，上下一白。湖上影子，惟

cháng dī yī hén hú xīn tíng yī diǎn yǔ yú zhōu
长堤一痕，湖心亭一点，与余舟

yī jiè zhōu zhōng rén liǎng sān lì ér yǐ
一芥，舟中人两三粒而已。

dào tíng shàng yǒu liǎng rén pū zhān duì zuò
到亭上，有两人铺毡对坐，

yī tóng zǐ shāo jiǔ lú zhèng fèi jiàn yú dà xǐ
一童子烧酒炉正沸。见余，大喜

yuē hú zhōng yān dé gèng yǒu cǐ rén lā
曰：“湖中焉得更有此人！”拉

yú tóng yǐn yú qiáng yǐn sān dà bái ér bié wèn
余同饮。余强饮三大白而别。问

qí xìng shì shì jīn líng rén kè cǐ jí xià
其姓氏，是金陵人，客此。及下

chuán zhōu zǐ nán nán yuē mò shuō xiàng gong chī
船，舟子喃喃曰：“莫说相公痴，

gèng yǒu chī sì xiàng gōng zhě
更有痴似相公者！”

与朱元思书

（南朝）吴 均

fēng yān jù jìng tiān shān gòng sè cóng
风烟俱净，天山共色。从
liú piāo dàng rèn yì dōng xī zì fù yáng zhì tóng
流飘荡，任意东西。自富阳至桐
lú yī bǎi xǔ lǐ qí shān yì shuǐ tiān xià
庐，一百许里，奇山异水，天下
dú jué
独绝。

shuǐ jiē piǎo bì qiān zhàng jiàn dǐ yóu yú
水皆缥碧，千丈见底。游鱼
xì shí zhí shì wú ài jí tuān shèn jiàn měng
细石，直视无碍。急湍甚箭，猛
làng ruò bēn
浪若奔。

jiá àn gāo shān jiē shēng hán shù fù
夹岸高山，皆生寒树，负

shì jìng shàng hù xiāng xuān miǎo zhēng gāo zhí zhǐ
势竞上，互相轩邈，争高直指，

qiān bǎi chéng fēng quán shuǐ jī shí líng líng zuò
千百成峰。泉水激石，泠泠作

xiǎng hǎo niǎo xiāng míng yīng yīng chéng yùn chán zé
响；好鸟相鸣，嘤嘤成韵。蝉则

qiān zhuǎn bù qióng yuán zé bǎi jiào wú jué yuān
千转不穷，猿则百叫无绝。鸢

fēi lì tiān zhě wàng fēng xī xīn jīng lún shì wù
飞唳天者，望峰息心；经纶世务

zhě kuī gǔ wàng fǎn héng kē shàng bì zài zhòu
者，窥谷忘返。横柯上蔽，在昼

yóu hūn shū tiáo jiāo yìng yǒu shí jiàn rì
犹昏；疏条交映，有时见日。

记承天寺夜游

（宋）苏 轼

yuán fēng liù nián shí yuè shí èr rì yè jiě
元丰六年十月十二日夜，解

yī yù shuì yuè sè rù hù xīn rán qǐ xíng
衣欲睡，月色入户，欣然起行。

niàn wú yǔ wéi lè zhě suì zhì chéng tiān sì xún
念无与为乐者，遂至承天寺，寻

zhāng huái mín huái mín yì wèi qǐn xiāng yǔ bù yú
张怀民。怀民亦未寝，相与步于

zhōng tíng tíng xià rú jī shuǐ kōng míng shuǐ zhōng
中庭。庭下如积水空明，水中

zǎo xìng jiāo héng gài zhú bǎi yǐng yě hé yè wú
藻荇交横，盖竹柏影也。何夜无

yuè hé chù wú zhú bǎi dàn shǎo xián rén rú wú
月？何处无竹柏？但少闲人如吾

liǎng rén zhě ěr
两人者耳。

五柳先生传

（东晋）陶渊明

xiān sheng bù zhī hé xǔ rén yě， yì bù
先生不知何许人也，亦不
xiáng qí xìng zì。 zhái biān yǒu wǔ liǔ shù， yīn yǐ
详其姓字。宅边有五柳树，因以
wéi hào yān。 xián jìng shǎo yán， bù mù róng lì。
为号焉。闲静少言，不慕荣利。
hào dú shū， bù qiú shèn jiě， měi yǒu huì yì，
好读书，不求甚解，每有会意，
biàn xīn rán wàng shí。 xìng shì jiǔ， jiā pín bù néng
便欣然忘食。性嗜酒，家贫不能
cháng dé。 qīn jiù zhī qí rú cǐ， huò zhì jiǔ ér
常得。亲旧知其如此，或置酒而
zhāo zhī。 zào yǐn zhé jìn， qī zài bì zuì。 jì
招之。造饮辄尽，期在必醉。既
zuì ér tuì， zēng bù lìn qíng qù liú。 huán dǔ xiāo
醉而退，曾不吝情去留。环堵萧

rán bù bì fēng rì duǎn hè chuān jié dān piáo
然，不蔽风日；短褐穿结，箪瓢

lǚ kōng yàn rú yě cháng zhù wén zhāng zì yú
屡空，晏如也。常著文章自娱，

pō shì jǐ zhì wàng huái dé shī yǐ cǐ zì zhōng
颇示己志。忘怀得失，以此自终。

zàn yuē qián lóu zhī qī yǒu yán bù qī
赞曰：黔娄之妻有言："不戚

qī yú pín jiàn bù jí jí yú fù guì qí yán
戚于贫贱，不汲汲于富贵。"其言

zī ruò rén zhī chóu hū xián shāng fù shī yǐ lè
兹若人之俦乎？衔觞赋诗，以乐

qí zhì wú huái shì zhī mín yú gě tiān shì zhī
其志，无怀氏之民欤？葛天氏之

mín yú
民欤？

杂说（四）马说

（唐）韩　愈

shì yǒu bó lè rán hòu yǒu qiān lǐ mǎ
世有伯乐，然后有千里马。

qiān lǐ mǎ cháng yǒu ér bó lè bù cháng yǒu gù
千里马常有，而伯乐不常有。故

suī yǒu míng mǎ zhǐ rǔ yú nú lì rén zhī shǒu
虽有名马，祇辱于奴隶人之手，

pián sǐ yú cáo lì zhī jiān bù yǐ qiān lǐ chēng yě
骈死于槽枥之间，不以千里称也。

mǎ zhī qiān lǐ zhě yī shí huò jìn sù yī
马之千里者，一食或尽粟一

dàn sì mǎ zhě bù zhī qí néng qiān lǐ ér sì
石，食马者，不知其能千里而食

yě shì mǎ yě suī yǒu qiān lǐ zhī néng shí
也。是马也，虽有千里之能，食

bù bǎo lì bù zú cái měi bù wài xiàn qiě
不饱，力不足，才美不外见，且

yù yǔ cháng mǎ děng bù kě de ān qiú qí néng qiān
欲与常马等不可得，安求其能千
lǐ yě
里也？

cè zhī bù yǐ qí dào sì zhī bù néng jìn
策之不以其道，食之不能尽
qí cái míng zhī ér bù néng tōng qí yì zhí cè
其材，鸣之而不能通其意，执策
ér lín zhī yuē tiān xià wú mǎ wū hū
而临之，曰："天下无马！"呜呼！
qí zhēn wú mǎ yé qí zhēn bù zhī mǎ yě
其真无马邪？其真不知马也！

十六　长篇文言文

岳阳楼记

（宋）范仲淹

qìng lì sì nián chūn téng zǐ jīng zhé shǒu bā
庆历四年春，滕子京谪守巴
líng jùn yuè míng nián zhèng tōng rén hé bǎi fèi
陵郡。越明年，政通人和，百废
jù xīng nǎi chóng xiū yuè yáng lóu zēng qí jiù
具兴。乃重修岳阳楼，增其旧
zhì kè táng xián jīn rén shī fù yú qí shàng zhǔ
制，刻唐贤今人诗赋于其上。属
yú zuò wén yǐ jì zhī
予作文以记之。

yú guàn fú bā líng shèngzhuàng zài dòng tíng yī
予观夫巴陵胜状，在洞庭一

hú xián yuǎn shān tūn cháng jiāng hào hào shāng
湖。衔远山，吞长江，浩浩汤

shāng héng wú jì yá zhāo huī xī yīn qì xiàng
汤，横无际涯；朝晖夕阴，气象

wàn qiān cǐ zé yuè yáng lóu zhī dà guān yě qián
万千。此则岳阳楼之大观也，前

rén zhī shù bèi yǐ rán zé běi tōng wū xiá nán
人之述备矣。然则北通巫峡，南

jí xiāo xiāng qiān kè sāo rén duō huì yú cǐ
极潇湘，迁客骚人，多会于此，

lǎn wù zhī qíng dé wú yì hū
览物之情，得无异乎？

ruò fú yín yǔ fēi fēi lián yuè bù kāi
若夫霪雨霏霏，连月不开；

yīn fēng nù háo zhuó làng pái kōng rì xīng yǐn
阴风怒号，浊浪排空；日星隐

yào shān yuè qián xíng shāng lǚ bù xíng qiáng qīng
曜，山岳潜形；商旅不行，樯倾

jí cuī bó mù míng míng hǔ xiào yuán tí dēng
楫摧；薄暮冥冥，虎啸猿啼。登

sī lóu yě zé yǒu qù guó huái xiāng yōu chán wèi
斯楼也，则有去国怀乡，忧谗畏

jī mǎn mù xiāo rán gǎn jí ér bēi zhě yǐ
讥，满目萧然，感极而悲者矣。

zhì ruò chūn hé jǐng míng bō lán bù jīng
至若春和景明，波澜不惊，

shàng xià tiān guāng yī bì wàn qǐng shā ōu xiáng
上下天光，一碧万顷；沙鸥翔

jí jǐn lín yóu yǒng àn zhǐ tīng lán yù yù
集，锦鳞游泳；岸芷汀兰，郁郁

qīng qīng ér huò cháng yān yī kōng hào yuè qiān
青青。而或长烟一空，皓月千

lǐ fú guāng yuè jīn jìng yǐng chén bì yú gē
里，浮光跃金，静影沉璧，渔歌

hù dá cǐ lè hé jí dēng sī lóu yě zé
互答，此乐何极！登斯楼也，则

yǒu xīn kuàng shén yí chǒng rǔ xié wàng bǎ jiǔ lín
有心旷神怡，宠辱偕忘，把酒临

fēng qí xǐ yáng yáng zhě yǐ
风，其喜洋洋者矣。

jiē fú yú cháng qiú gǔ rén rén zhī xīn
　　嗟夫！予尝求古仁人之心，
huò yì èr zhě zhī wéi hé zāi bù yǐ wù
或异二者之为，何哉？不以物
xǐ bù yǐ jǐ bēi jū miào táng zhī gāo zé yōu
喜，不以己悲；居庙堂之高则忧
qí mín chǔ jiāng hú zhī yuǎn zé yōu qí jūn shì
其民；处江湖之远则忧其君。是
jìn yì yōu tuì yì yōu rán zé hé shí ér lè
进亦忧，退亦忧。然则何时而乐
yé qí bì yuē xiān tiān xià zhī yōu ér yōu
耶？其必曰："先天下之忧而忧，
hòu tiān xià zhī lè ér lè hū yī wēi sī
后天下之乐而乐乎。"噫！微斯
rén wú shéi yǔ guī
人，吾谁与归？
shí liù nián jiǔ yuè shí wǔ rì
　　时六年九月十五日。

醉翁亭记

（宋）欧阳修

huán chú jiē shān yě qí xī nán zhū fēng
环滁皆山也。其西南诸峰，
lín hè yóu měi wàng zhī wèi rán ér shēn xiù zhě
林壑尤美，望之蔚然而深秀者，
láng yá yě shān xíng liù qī lǐ jiàn wén shuǐ shēng
琅琊也。山行六七里，渐闻水声
chán chán ér xiè chū yú liǎng fēng zhī jiān zhě niàng quán
潺潺而泻出于两峰之间者，酿泉
yě fēng huí lù zhuǎn yǒu tíng yì rán lín yú quán
也。峰回路转，有亭翼然临于泉
shàng zhě zuì wēng tíng yě zuò tíng zhě shéi shān
上者，醉翁亭也。作亭者谁？山
zhī sēng zhì xiān yě míng zhī zhě shéi tài shǒu zì
之僧智仙也。名之者谁？太守自
wèi yě tài shǒu yǔ kè lái yǐn yú cǐ yǐn shǎo
谓也。太守与客来饮于此，饮少

zhé zuì ér nián yòu zuì gāo gù zì hào yuē zuì
辄醉，而年又最高，故自号曰醉
wēng yě zuì wēng zhī yì bù zài jiǔ zài hu shān
翁也。醉翁之意不在酒，在乎山
shuǐ zhī jiān yě shān shuǐ zhī lè dé zhī xīn ér
水之间也。山水之乐，得之心而
yù zhī jiǔ yě
寓之酒也。

ruò fú rì chū ér lín fēi kāi yún guī ér
若夫日出而林霏开，云归而
yán xué míng huì míng biàn huà zhě shān jiān zhī zhāo
岩穴暝，晦明变化者，山间之朝
mù yě yě fāng fā ér yōu xiāng jiā mù xiù ér
暮也。野芳发而幽香，佳木秀而
fán yīn fēng shuāng gāo jié shuǐ luò ér shí chū
繁阴，风霜高洁，水落而石出
zhě shān jiān zhī sì shí yě zhāo ér wǎng mù
者，山间之四时也。朝而往，暮
ér guī sì shí zhī jǐng bù tóng ér lè yì wú
而归，四时之景不同，而乐亦无

qióng yě
穷也。

zhì yú fù zhě gē yú tú xíng zhě xiū
至于负者歌于途，行者休

yú shù qián zhě hū hòu zhě yìng yǔ lǚ tí
于树，前者呼，后者应，伛偻提

xié wǎng lái ér bù jué zhě chú rén yóu yě
携，往来而不绝者，滁人游也。

lín xī ér yú xī shēn ér yú féi niàng quán wéi
临溪而渔，溪深而鱼肥，酿泉为

jiǔ quán xiāng ér jiǔ liè shān yáo yě sù
酒，泉香而酒洌，山肴野蔌，

zá rán ér qián chén zhě tài shǒu yàn yě yàn hān
杂然而前陈者，太守宴也。宴酣

zhī lè fēi sī fēi zhú shè zhě zhòng yì zhě
之乐，非丝非竹，射者中，弈者

shèng gōng chóu jiāo cuò qǐ zuò ér xuān huá zhě
胜，觥筹交错，起坐而喧哗者，

zhòng bīn huān yě cāng yán bái fà tuí rán hū qí
众宾欢也。苍颜白发，颓然乎其

jiān zhě tài shǒu zuì yě
间者，太守醉也。

yǐ ér xī yáng zài shān rén yǐng sǎn luàn
已而夕阳在山，人影散乱，

tài shǒu guī ér bīn kè cóng yě shù lín yīn yì
太守归而宾客从也。树林阴翳，

míng shēng shàng xià yóu rén qù ér qín niǎo lè yě
鸣声上下，游人去而禽鸟乐也。

rán ér qín niǎo zhī shān lín zhī lè ér bù zhī rén
然而禽鸟知山林之乐，而不知人

zhī lè rén zhī cóng tài shǒu yóu ér lè ér bù
之乐；人知从太守游而乐，而不

zhī tài shǒu zhī lè qí lè yě zuì néng tóng qí
知太守之乐其乐也。醉能同其

lè xǐng néng shù yǐ wén zhě tài shǒu yě tài
乐，醒能述以文者，太守也。太

shǒu wèi shéi lú líng ōu yáng xiū yě
守谓谁？庐陵欧阳修也。

出师表

（三国）诸葛亮

xiān dì chuàng yè wèi bàn ér zhōng dào bēng cú

先帝创业未半而中道崩殂，

jīn tiān xià sān fēn yì zhōu pí bì cǐ chéng

今天下三分，益州疲弊，此诚

wēi jí cún wáng zhī qiū yě rán shì wèi zhī chén bù

危急存亡之秋也。然侍卫之臣不

xiè yú nèi zhōng zhì zhī shì wàng shēn yú wài zhě

懈于内，忠志之士忘身于外者，

gài zhuī xiān dì zhī shū yù yù bào zhī yú bì xià

盖追先帝之殊遇，欲报之于陛下

yě chéng yí kāi zhāng shèng tīng yǐ guāng xiān dì yí

也。诚宜开张圣听，以光先帝遗

dé huī hóng zhì shì zhī qì bù yí wàng zì fěi

德，恢弘志士之气，不宜妄自菲

bó yǐn yù shī yì yǐ sè zhōng jiàn zhī lù yě

薄，引喻失义，以塞忠谏之路也。

gōng zhōng fǔ zhōng jù wéi yī tǐ zhì
宫中府中，俱为一体，陟
fá zāng pǐ bù yí yì tóng ruò yǒu zuò jiān fàn
罚臧否，不宜异同。若有作奸犯
kē jí wéi zhōng shàn zhě yí fù yǒu sī lùn qí xíng
科及为忠善者，宜付有司论其刑
shǎng yǐ zhāo bì xià píng míng zhī lǐ bù yí piān
赏，以昭陛下平明之理，不宜偏
sī shǐ nèi wài yì fǎ yě
私，使内外异法也。

shì zhōng shì láng guō yōu zhī fèi yī
侍中、侍郎郭攸之、费祎、
dǒng yǔn děng cǐ jiē liáng shí zhì lǜ zhōng chún
董允等，此皆良实，志虑忠纯，
shì yǐ xiān dì jiǎn bá yǐ wèi bì xià yú yǐ wéi
是以先帝简拔以遗陛下。愚以为
gōng zhōng zhī shì shì wú dà xiǎo xī yǐ zī
宫中之事，事无大小，悉以咨
zhī rán hòu shī xíng bì néng bì bǔ quē lòu
之，然后施行，必得裨补阙漏，

yǒu suǒ guǎng yì
有所广益。

jiāng jūn xiàng chǒng xìng xíng shū jūn xiǎo chàng
将军向宠，性行淑均，晓畅
jūn shì shì yòng yú xī rì xiān dì chēng zhī yuē
军事，试用于昔日，先帝称之曰
néng shì yǐ zhòng yì jǔ chǒng wéi dū yú yǐ wéi
能，是以众议举宠为督。愚以为
yíng zhōng zhī shì xī yǐ zī zhī bì néng shǐ háng
营中之事，悉以咨之，必能使行
zhèn hé mù yōu liè dé suǒ
阵和睦，优劣得所。

qīn xián chén yuǎn xiǎo rén cǐ xiān hàn suǒ
亲贤臣，远小人，此先汉所
yǐ xīng lóng yě qīn xiǎo rén yuǎn xián chén cǐ
以兴隆也；亲小人，远贤臣，此
hòu hàn suǒ yǐ qīng tuí yě xiān dì zài shí měi
后汉所以倾颓也。先帝在时，每
yǔ chén lùn cǐ shì wèi cháng bù tàn xī tòng hèn yú
与臣论此事，未尝不叹息痛恨于

huán líng yě shì zhōng shàng shū zhǎng shǐ
桓、灵也。侍中、尚书、长史、
cān jūn cǐ xī zhēn liáng sǐ jié zhī chén yuàn bì
参军，此悉贞良死节之臣，愿陛
xià qīn zhī xìn zhī zé hàn shì zhī lóng kě jì
下亲之信之，则汉室之隆，可计
rì ér dài yě
日而待也。

chén běn bù yī gōng gēng yú nán yáng
臣本布衣，躬耕于南阳，
gǒu quán xìng mìng yú luàn shì bù qiú wén dá yú zhū
苟全性命于乱世，不求闻达于诸
hóu xiān dì bù yǐ chén bēi bǐ wěi zì wǎng
侯。先帝不以臣卑鄙，猥自枉
qū sān gù chén yú cǎo lú zhī zhōng zī chén yǐ
屈，三顾臣于草庐之中，咨臣以
dāng shì zhī shì yóu shì gǎn jī suì xǔ xiān
当世之事，由是感激，遂许先
dì yǐ qū chí hòu zhí qīng fù shòu rèn yú bài
帝以驱驰。后值倾覆，受任于败

jūn zhī jì fèng mìng yú wēi nàn zhī jiān ěr lái
军之际，奉命于危难之间，尔来

èr shí yòu yī nián yǐ
二十有一年矣。

xiān dì zhī chén jǐn shèn gù lín bēng jì
先帝知臣谨慎，故临崩寄

chén yǐ dà shì yě shòu mìng yǐ lái sù yè yōu
臣以大事也。受命以来，夙夜忧

tàn kǒng tuō fù bù xiào yǐ shāng xiān dì zhī
叹，恐托付不效，以伤先帝之

míng gù wǔ yuè dù lú shēn rù bù máo jīn
明。故五月渡泸，深入不毛。今

nán fāng yǐ dìng bīng jiǎ yǐ zú dāng jiǎng shuài sān
南方已定，兵甲已足，当奖率三

jūn běi dìng zhōng yuán shù jié nú dùn rǎng chú
军，北定中原，庶竭驽钝，攘除

jiān xiōng xīng fù hàn shì huán yú jiù dōu cǐ
奸凶，兴复汉室，还于旧都。此

chén suǒ yǐ bào xiān dì ér zhōng bì xià zhī zhí fèn
臣所以报先帝而忠陛下之职分

yě zhì yú zhēn zhuó sǔn yì jìn jìn zhōng yán
也。至于斟酌损益，进尽忠言，
zé yōu zhī yī yǔn zhī rèn yě
则攸之、祎、允之任也。

yuàn bì xià tuō chén yǐ tǎo zéi xīng fù zhī
愿陛下托臣以讨贼兴复之
xiào bù xiào zé zhì chén zhī zuì yǐ gào xiān
效，不效，则治臣之罪，以告先
dì zhī líng ruò wú xīng dé zhī yán zé zé yōu
帝之灵。若无兴德之言，则责攸
zhī yī yǔn děng zhī màn yǐ zhāng qí jiù
之、祎、允等之慢，以彰其咎。
bì xià yì yí zì móu yǐ zī zōu shàn dào chá
陛下亦宜自谋，以咨诹善道，察
nà yǎ yán shēn zhuī xiān dì yí zhào chén bù shèng
纳雅言，深追先帝遗诏。臣不胜
shòu ēn gǎn jī
受恩感激。

jīn dāng yuǎn lí lín biǎo tì líng bù zhī
今当远离，临表涕零，不知
suǒ yán
所言。